翻翔妻美宛轉扚篇章，聞一多談古典詩扚流麗與煇煌

唐詩風情

聞一多 著

古典詩史不容忽略的一頁 × 現代詩史不應遺忘的名家

以大唐風情為經，以絕句律詩為緯，聞一多揮灑詩人之筆，書寫出絢爛動人的詩評

那些背不熟的唐詩、記不全的古人生平，
就讓本書帶領你一一重拾，再次沉醉其中！

目 錄

類書與詩

　　檢討的範圍是唐代開國後約略五十年，從高祖受禪（西元六一八年）起，到高宗武后交割政權（西元六六〇年）止。靠近那五十年的尾上，上官儀伏誅，算是強制的把「江左餘風」收束了，同時新時代的先驅，四傑及杜審言，剛剛走進創作的年華，沈、宋與陳子昂也先後誕生了，唐代文學這才扯開六朝的罩紗，露出自家的面目。所以我們要談的這五十年，說是唐的頭，倒不如說是六朝的尾。

　　尋常我們提起六朝，只記得它的文學，不知道那時期對於學術的興趣更加濃厚。唐初五十年所以像六朝，也正在這一點。這時期如果在文學史上佔有任何位置，不是因為它在文學本身上有多少價值，而是因為它對於文學的研究特別熱心，一方面把文學當作學術來研究，同時又用一種偏向於文學的觀點來研究其餘的學術。給前一方面舉個例，便是曹憲、李善等的「選學」（這回文學的研究真是在學術中正式的分占了一席）。後一方面的例，最好舉史學。許是因為他們有種特殊的文學觀念（即《文選》所代表的文學觀念），唐初的人們對於《漢書》的愛好，遠在愛好《史記》之上，在研究《漢書》時，他們的對象不僅是歷史，而且是記載歷史的文字。便拿李善來講，他是注過《文選》的，也撰過一部《漢書辨惑》；《文選》與《漢書》在李善眼裡，恐怕真是同樣性質、具有同樣功用的物件，都是給文學家供驅使的材料。他這態度可以代表那整個時代。這種現象在修史上也不是例外。只把姚思廉除開，當時修史的人們誰不

是藉作史書的機會來叫賣他們的文藻 —— 尤其是《晉書》的著者！至於音韻學與文學的姻緣，更是顯著，不用多講了。

當時的著述物中，還有一個可以稱為第三種性質的東西，那便是類書，它既不全是文學，又不全是學術，而是介乎二者之間的一種東西，或是說兼有二者的混合體。這種畸形的產物，最足以代表唐初的那種太像文學的學術，和太像學術的文學了。所以我們若要明白唐初五十年的文學，最好的方法也是拿文學和類書排在一起打量。

現存的類書，如《北堂書鈔》和《藝文類聚》，在當時所製造的這類出品中，只占極小部分。此外，太宗時編的，還有一千卷的《文思博要》，後來從龍朔到開元，中間又有官修的《累璧》六百三十卷，《瑤山玉彩》五百卷，《三教珠英》一千三百卷（《增廣皇覽》及《文思博要》），《芳樹要覽》三百卷，《事類》一百三十卷，《初學記》三十卷，《文府》二十卷，私撰的《碧玉芳林》四百五十卷，《玉藻瓊林》一百卷，《筆海》十卷。這裡除《初學記》之外，如今都不存在。內中是否有分類的總集，像《文館詞林》似的，我們不知道。但是《文館詞林》的性質，離《北堂書鈔》雖較遠，離《藝文類聚》卻接近些了。歐陽詢在《藝文類聚·序》裡說是嫌「《流別文選》，專取其文，《皇覽遍略》，直書其事」的辦法不妥，他們（《藝文類聚》的編者不只他一人）才採取了「事居其前，文列於後」的體例。這可見《藝文類聚》是兼有總集（《流別文選》）與類書（《皇覽遍略》）的性質，也

可見他們看待總集與看待類書的態度差不多。《文館詞林》是和《流別文選》一類的書，在他們眼裡，當然也和《皇覽遍略》差不多了。再退一步講，《文館詞林》的性質與《藝文類聚》一半相同，後者既是類書，前者起碼也有一半類書的資格。

上面所舉的書名，不過是就新舊《唐書》和《唐會要》等書中隨便摘下來的，也許還有遺漏。但只看這裡所列的，已足令人驚詫了。特別是官修的占大多數，真令人不解。如果它們是《通典》一類的，或《大英百科全書》一類的性質，也許我們還會嫌它們的數量太小。但它們不過是「兔園冊子」的後身，充其量也不過是規模較大、品質較高的「兔園冊子」。一個國家的政府從百忙中抽調出許多第一流人才來編了那許多的「兔園冊子」（太宗時，房玄齡、魏徵、岑文本、許敬宗等都參與過這種工作），這用現代人的眼光看來，豈不滑稽？不，這正是唐太宗提倡文學的方法，而他所謂的文學，用這樣的方法提倡，也是很對的。沉思翰藻謂之文的主張，由來已久，加之六朝以來有文學嗜好的帝王特別多，文學要求其與帝王們的身分相稱，自然覺得沉思翰藻的主義最適合他們的條件了。文學由太宗來提倡，更不能不出於這一途。本來這種專在詞藻的量上逞能的作風，需用學力比需用性靈的機會多，這實在已經是文學的實際化了。南朝的文學既已經在實際化的過程中，隋統一後，又和北方的極端實際的學術正面接觸了，於是依照「水流溼，火就燥」的物理的原則，已經實際化了的文學便不能不愈加實際化，

以致到了唐初，再經太宗的慫恿，便終於被學術同化了。

文學被學術同化的結果，可分三方面來說。一方面是章句的研究，可以李善為代表。另一方面是類書的編纂，可以號稱博學的《兔園冊子》與《北堂書鈔》的編者虞世南為代表。第三方面便是文學本身的堆砌性，這方面很難推出一個代表來，因為當時一般文學者的體乾似乎是一樣高矮，挑不出一個特別魁梧的例子來。沒有辦法，我們只好舉唐太宗。並不是說太宗堆砌的成績比別人精，或是他堆砌得比別人更甚，不過以一個帝王的地位，他的影響定不是一般人所能比的，而且他也曾經很明白的為這種文體張目過（這證據我們不久就要提出）。我們現在且把章句的研究、類書的纂輯與夫文學本身的堆砌性三方面的關係談一談。

李善綽號「書簏」，因為據史書說，他是一個「淹貫古今，不能屬辭」的人。史書又說他始初注《文選》，「釋事而忘意」，經他兒子李邕補益一次，才做到「附事以見義」的地步。李善這種只顧「事」、不顧「意」的態度，其實是與類書家一樣的。章句家是書簏，類書家也是書簏，章句家是「釋事而忘意」，類書家便是「采事而忘意」了。我這種說法並不苛刻。只消舉出《群書治要》來和《北堂書鈔》或《藝文類聚》比一比，你便明白。同是鈔書，同是一個時代的產物，但拿來和《治要》的「主意」的質素一比，《書鈔》、《類聚》「主事」的質素便顯著特別分明了。章句家與類書家的態度，根本相同，創作家又何嘗兩樣？假如

選出五種書，把它們排成下面這樣的次第：

《文選注》，《北堂書鈔》，《藝文類聚》，《初學記》，初唐某家的詩集。

我們便看出一首初唐詩在構成程式中的幾個階段。劈頭是「書籤」，收尾是一首唐初五十年間的詩，中間是從較散漫、較零星的「事」，逐漸的整齊化與分化。五種書同是「事」（文家稱為詞藻）的徵集與排比，同是一種機械的工作，其間只有工作精粗的程度差別，沒有性質的懸殊。這裡《初學記》雖是開元間的產物，但實足以代表較早的一個時期的態度。在我們討論的範圍內，這部書的體裁，看來最有趣。每一項題目下，最初是「敘事」，其次「事對」，最後便是成篇的詩賦或文。其實這三項中減去「事對」，就等於《藝文類聚》，再減去詩賦文，便等於《北堂書鈔》。所以我們由《書鈔》看到《初學記》，便看出了一部類書的進化史，而在這類書的進化中，一首初唐詩的構成程序也就完全暴露出來了。你想，一首詩做到有了「事對」的程度，豈不是已經成功了一半嗎？餘剩的工作，無非是將「事對」裝潢成五個字一幅的更完整的對聯，拼上韻腳，再安上一頭一尾罷了。（五言律是當時最風行的體裁，但這裡，我沒有把調平仄算進去，因為當時的詩，平仄多半是不調的）。這樣看來，若說唐初五十年間的類書是較粗糙的詩，他們的詩是較精密的類書，許不算強詞奪理吧？

《舊唐書‧文苑傳》裡所收的作家，雖有著不少的詩人，但

除了崔信明的一句「楓落吳江冷」是類書的範圍所容納不下的，其餘作家的產品不乾脆就是變相的類書嗎？唐太宗之不如隋煬帝，不僅在沒有作過一篇〈飲馬長城窟行〉而已，便拿那「南化」了的隋煬帝，和「南化」了的唐太宗打比，像前者的

　　暮江平不動，春花滿正開；流波將月去，潮水帶星來。

甚至

　　鳥擊初移樹，魚寒不隱苔。[01]

又何嘗是後者有過的？不但如此，據說煬帝為妒嫉「空梁落燕泥」和「庭草無人隨意綠」兩句詩，曾經謀害過兩條性命。「楓落吳江冷」比起前面那兩只名句如何？不知道崔信明之所以能保天年，是因為太宗的度量比煬帝大呢，還是他的眼力比煬帝低。這不是說笑話。假如我們能回答這問題，那麼太宗統治下的詩作的品質之高低，便可以判定了。歸真地講，崔信明這人，恐怕太宗根本就不知道，所以他並沒有留給我們那樣測驗他的度量或眼力的機會。但這更足以證明太宗對於好詩的認識力很差。假如他是有眼力的話，恐怕當日撐持詩壇的臺面的，是崔信明、王績，甚至王梵志，而不是虞世南、李百藥一流人了。

　　講到這裡，我們許要想到前面所引時人批評李善「釋事而忘意」，和我批評類書家「采事而忘意」兩句話。現在我若給那些

01　《隋遺錄》所載煬帝諸詩皆明秀可誦，然係唐人偽託。《鐵圍山叢談》引佚句「寒鴉飛數點，流水繞孤村」，亦偽。

作家也加上一句「用事而忘意」的案語，我想讀者們必不以為過分。拿虞世南、李百藥來和崔信明、王績、王梵志比，不簡直是「事」與「意」的比照嗎？我們因此想到魏徵的〈述懷〉，頗被人認作這時期中的一首了不得的詩，〈述懷〉在唐代開國時的詩中所占的地位，據說有如魏徵本人在那時期政治上的地位一般的優越。這意見未免有點可笑，而替唐詩設想，居然留下生這意見的餘地，也就太可憐了。平心說，〈述懷〉是一首平庸的詩，只因這作者不像一般的作者，他還不曾忘記那「詩言志」的古訓，所以結果雖平庸而仍不失為「詩」。選家們搜出魏徵來代表初唐詩，足見那一個時代的貧乏。太宗和虞世南、李百藥，以及當時成群的詞臣，作了幾十年的詩，到頭還要靠這詩壇的局外人魏徵，來維持一點較清醒的詩的意識，這簡直是他們的恥辱！

不怕太宗和他率領下的人們為詩幹的多熱鬧，究竟他們所熱鬧的，與其說是詩，毋寧說是學術。關於修辭立誠四個字，即算他們做到了修辭（但這仍然是疑問），那立誠的觀念，在他們的詩裡可說整個不存在。唐初人的詩，離詩的真諦是這樣遠，所以，我若說唐初是個大規模徵集詞藻的時期，我所謂徵集詞藻者，實在不但指類書的纂輯，連詩的製造也是應屬於那個範圍裡的。

上述的情形，太宗當然要負大部分的責任。我們曾經說到太宗為堆砌式的文體張目過，不錯，看他親撰的《晉書·陸機傳論》便知道。

觀夫陸機、陸雲，實荊衡之杞梓，挺珪璋於秀實，馳英華於早年。風鑑澄爽，神情俊邁。文藻宏麗，獨步當時；言論慷慨，冠乎終古。高詞迥映，如朗月之懸光；疊意回舒，若重巖之積秀，千條析理，則電坼霜開；一緒連文，則珠流璧合。其詞則深而雅，其義則博而顯。故足遠超枚、馬，高蹈王、劉，百代文宗，一人而已。

　　因為他崇拜的陸機，是「文藻宏麗」，與夫「疊意回舒，若重巖之積秀」，「一緒連文，則珠流璧合」的陸機，所以太宗於他的群臣中就最欽佩虞世南。褚亮在〈十八學士讚〉中，是這樣讚虞世南的：

　　篤行揚聲，雕文絕世，網羅百家，並包六藝。

兩《唐書·虞世南傳》都說，他與兄世基同入長安，時人比作晉之二陸，新傳又品評這兩弟兄說：

　　世基辭章清勁過世南，而贍博不及也。

　　這樣的虞世南，難怪太宗要認為是「與我猶一體」，並且在世南死後，還有「鍾子期死，伯牙不復鼓琴」之嘆，這虞世南，我們要記住，便是《兔園冊子》和《北堂書鈔》的著者。這一點極其重要。這不啻明白的告訴我們，太宗所鼓勵的詩，是「類書家」的詩，也便是「類書式」的詩。總之，太宗畢竟是一個重實際的事業中人；詩的真諦，他並沒有，恐怕也不能參透。他對於詩的了解，畢竟是個實際的人的了解。他所追求的只是文

藻，是浮華，不，是一種文辭上的浮腫，也就是文學的一種皮膚病。這種病症，到了上官儀的「六對」、「八對」，便嚴重到極點，幾乎有危害到詩的生命的可能，於是因察覺了險象而憤激的少年「四傑」，便不得不大聲急呼，搶上來施以針砭了。

原載《大公報》文藝副刊第五十二期

宮體詩的自贖

　　宮體詩就是宮廷的，或以宮廷為中心的豔情詩，它是個有歷史性的名詞，所以嚴格的講，宮體詩又當指以梁簡文帝為太子時的東宮及陳後主、隋煬帝、唐太宗等幾個宮廷為中心的豔情詩。我們該記得從梁簡文帝當太子到唐太宗晏駕中間一段時期，正是謝朓已死、陳子昂未生之間一段時期。這期間沒有出過一個第一流的詩人。那是一個以聲律的發明與批評的勃興為人所推重，但論到詩的本身，則為人所詬病的時期。沒有第一流詩人，甚至沒有任何詩人，不是一樁罪過。那只是一個消極的缺憾。但這時期卻犯了一樁積極的罪。它不是一個空白，而是一個汙點，就因為他們製造了些有如下面這樣的宮體詩：

　　長筵廣未同，上客嬌難逼。還杯了不顧，轉身正顏色。（高爽〈詠酌酒人〉）

　　眾中俱不笑，座上莫相撩。（鄧鏗〈奉和夜聽妓聲〉）

這裡所反映的上客們的態度，便代表他們那整個宮廷內外的氣氛。人人眼角裡是淫蕩，

　　上客徒留目，不見正橫陳。（鮑泉〈敬酬劉長史詠名士悅傾城〉）

人人心中懷著鬼胎，

　　春風別有意，密處也尋香。（李義府〈堂詞〉）

對姬妾娼妓如此，對自己的結髮妻亦然（劉孝威〈都縣寓見人織率爾贈婦〉便是一例）。於是髮妻也就成了倡家。徐悱寫得出

〈對房前桃樹詠佳期贈內〉那樣一首詩，他的夫人劉令嫺為什麼不可以寫一首〈光宅寺〉來賽過他？索性大家都揭開了：

知君亦蕩子，賤妾自倡家。（吳均〈鼓瑟曲有所思〉）

因為也許她明白她自己的祕訣是什麼。

自知心所愛，出入仕秦宮。誰言連屈尹，更是莫遨通？（簡文帝〈豔歌篇〉十八韻）

簡文帝對此並不詫異，說不定這對他，正是件稱心的消息。墮落是沒有止境的。從一種變態到另一種變態往往是個極短的距離，所以現在像簡文帝〈變童〉、吳均〈詠少年〉、劉孝綽〈詠小兒採菱〉、劉遵〈繁華應令〉，以及陸厥〈中山王孺子妾歌〉一類作品，也不足令人驚奇了。變態的又一型類是以物代人為求滿足的對象。於是繡領、帕腹、履、枕、席、臥具……全有了生命，而成為被玷汙者。推而廣之，以至燈燭、玉階、梁塵，也莫不踴躍的助他們集中意念到那個荒唐的焦點，不用說，有機生物如花草鶯蝶等更都是可人的同情者。

羅薦已掰鴛鴦被，綺衣復有葡萄帶。殘紅豔粉映簾中，戲蝶流鶯聚窗外。（上官儀〈八詠應制〉）

看看以上的情形，我們真要疑心，那是作詩，還是在一種偽裝下的無恥中求滿足。在那種情形之下，你怎能希望有好詩！所以常常是那套褪色的陳詞濫調，詩的本身並不能比題目給人以更深的印象。實在有時他們真不像是在作詩，而只是制

題。這都是慘淡經營的結果：〈詠人聘妾仍逐琴心〉（伏知道），〈為寒床婦贈夫〉（王胄）。特別是後一例，盡有「閨情」、「秋思」、「寄遠」一類的題面可用，然而作者偏要標出這樣五個字來，不知是何居心。如果初期作者常用的「古意」、「擬古」一類曖昧的題面，是一種遮羞的手法，那麼現在這些人是根本沒有羞恥了！這由意識到文詞，由文詞到標題，逐步的鮮明化，是否可算作一種文字的裎裸狂，我不知道，反正讚嘆事實的「詩」變成了標明事類的「題」之附庸，這趨勢去《遊仙窟》一流作品，以記事文為主，以詩副之的形式，已很近了。形式很近，內容又何嘗遠？《遊仙窟》正是宮體詩必然的下場。

　　我還得補充一下宮體詩在它那中途丟掉的一個自新的機會。這專以在昏淫的沉迷中作踐文字為務的宮體詩，本是衰老的、貧血的南朝宮廷生活的產物，只有北方那些新興民族的熱與力才能拯救它。因此我們不能不慶幸庾信等之入周與被留，因為只有這樣，宮體詩才能更穩固的移殖在北方，而得到它所需要的營養。果然被留後的庾信的〈烏夜啼〉、〈春別詩〉等篇，比從前在老家作的同類作品，氣色強多了。移殖後的第二三代本應不成問題。誰知那些北人骨子裡和南人一樣，也是脆弱的，禁不起南方那美麗的毒素的引誘，他們馬上又屈服了。除薛道衡〈昔昔鹽〉、〈人日思歸〉，隋煬帝〈春江花月夜〉三兩首詩外，他們沒有表現過一點抵抗力。煬帝晚年可算熱忱的效忠於南方文化了，文藝的唐太宗，出人意料之外，比煬帝還要熱忱。於是庾信的北渡完全白費了。宮體詩在唐初，依然是簡文帝時那沒筋骨、沒心肝的宮體

詩。不同的只是現在詞藻來得更細緻，聲調更流利，整個的外表顯得更乖巧、更酥軟罷了。說唐初宮體詩的內容和簡文時完全一樣，也不對。因為除了搬出那殭屍「橫陳」二字外，他們在詩裡也並沒有講出什麼。這又教人疑心這輩子人已失去了積極犯罪的心情。恐怕只是詞藻和聲調的試驗給他們羈縻著一點作這種詩的興趣（詞藻聲調與宮體有著先天與歷史的連繫）。宮體詩在當時可說是一種不自主的、虛偽的存在。原來從虞世南到上官儀是連墮落的誠意都沒有了。此真所謂「萎靡不振」！

但是墮落畢竟到了盡頭，轉機也來了。

在窒息的陰霾中，四面是細弱的蟲吟，虛空而疲倦，忽然一聲霹靂，接著的是狂風暴雨！蟲吟聽不見了，這樣便是盧照鄰〈長安古意〉的出現。這首詩在當時的成功不是偶然的。放開了粗豪而圓潤的嗓子，他這樣開始，

> 長安大道連狹斜，青牛白馬七香車。玉輦縱橫過主第，金鞭絡繹向侯家！龍銜寶蓋承朝日，鳳吐流蘇帶晚霞。百丈遊絲爭繞樹，一群嬌鳥共啼花。……

這生龍活虎般騰踔的節奏，首先已夠教人們如大夢初醒而心花怒放了。然後如雲的車騎，載著長安中各色人物 panorama 式的一幕幕出現，透過「五劇三條」的「弱柳青槐」來「共宿娼家桃李蹊」。誠然這不是一場美麗的熱鬧。但這顛狂中有顫慄，墮落中有靈性：

> 得成比目何辭死，願作鴛鴦不羨仙。

比起以前那光是病態的無恥，

> 相看氣息望君憐，誰能含羞不肯前！（簡文帝〈烏棲曲〉）

如今這是什麼氣魄！對於時人那虛弱的感情，這真有起死回生的力量。最後，

> 節物風光不相待，桑田碧海須臾改。昔時金階白玉堂，即今唯見青松在！

似有「勸百諷一」之嫌。對了，諷刺，宮體詩中講諷刺，多麼生疏的一個消息！我幾乎要問〈長安古意〉究竟能否算宮體詩？從前我們所知道的宮體詩，自蕭氏君臣以下都是作者自身下流意識的口供，那些作者只在詩裡，這回盧照鄰卻是在詩裡，又在詩外，因此他能讓人人以一個清醒的旁觀的自我，來給另一自我一聲警告。這兩種態度相差多遠！

> 寂寂寥寥揚子居，年年歲歲一床書。獨有南山桂花髮，飛來飛去襲人裾。

這篇末四句有點突兀，在詩的結構上既嫌蛇足，而且這樣說話，也不免暴露了自己態度的褊狹，因而在本篇裡似乎有些反作用之嫌。可是對於人性的清醒方面，這四句究不失為一個保障與安慰。一點點藝術的失敗，並不妨礙〈長安古意〉在思想上的成功。他是宮體詩中一個破天荒的大轉變。一手挽住衰老了的頹廢，教給它如何回到健全的欲望，一手又指給它欲望的幻滅。這詩中善與惡都是積極的，所以二者似相反而相成。我敢說〈長安

古意〉的惡的方面比善的方面還有用。不要問盧照鄰如何成功，只看庾信是如何失敗的。欲望本身不是什麼壞東西。如果它走入了歧途，只有疏導一法可以挽救，壅塞是無效的。庾信對於宮體詩的態度，是一味地矯正，他彷彿是要以非宮體代宮體。反之，盧照鄰只要以更有力的宮體詩救宮體詩，他所爭的是有力沒有力，不是宮體不宮體。甚至你說他的方法是以毒攻毒也行，反正他是勝利了。有效的方法不就是對的方法嗎？

　　矛盾就是人性，詩人作詩本不必對自己的行為負責。原來〈長安古意〉的「年年歲歲一床書」，只是一句詩而已，即令作詩時事實如此，大概不久以後，情形就完全變了，駱賓王的〈艷情代郭氏答盧照鄰〉便是鐵證。故事是這樣的：照鄰在蜀中有一個情婦郭氏，正當她有孕時，照鄰因事要回洛陽去，臨行相約不久回來正式成婚。誰知他一去兩年不返，而且在三川有了新人。這時她望他的音信既望不到，孩子也丟了。「悲鳴五里無人問，腸斷三聲誰為續！」除了駱賓王給寄首詩去替她申一回冤，這悲劇又能有什麼更適合的收場呢？一個生成哀艷的傳奇故事，可惜駱賓王沒趕上蔣防、李公佐的時代。我的意思是：故事最適宜於小說，而作者手頭卻只有一個詩的形式可供採用。這試驗也未嘗不可作，然而他偏偏又忘記了〈孔雀東南飛〉的典型。憑一枝作判詞的筆鋒（這是他的當行），他只草就了一封韻語的書札而已。然而是試驗，就值得欽佩。駱賓王的失敗，不比李百藥的成功有價值嗎？他至少也替〈秦婦吟〉墊過路。

這以「一抔之土未乾，六尺之孤何托」，教歷史上第一位英威的女性破膽的文士，天生一副俠骨，專喜歡管閒事，打抱不平，殺人報仇，革命，幫痴心女子打負心漢，都是他幹的。〈代女道士王靈妃贈道士李榮〉裡沒講出具體的故事來，但我們猜得到一半，還不是盧郭公案那一類的糾葛？李榮是個有才名道士（見《舊唐書‧儒學‧羅道琮傳》，盧照鄰也有過詩給他）。故事還是發生在蜀中，李榮往長安去了，也是許久不回來，王靈妃急了，又該駱賓王給去信促駕了。不過這回的信卻寫得比較像首詩。其所以然，倒不在

梅花如雪柳如絲，年去年來不自持。初言別在寒偏在，何悟春來春更思。

一類響亮句子，而是那一氣到底而又纏綿往復的旋律之中，有著欣欣向榮的情緒。〈代女道士王靈妃贈道士李榮〉的成功，僅次於〈長安古意〉。

和盧照鄰一樣，駱賓王的成功，有不少成分是仗著他那篇幅的。上文所舉過的二人的作品，都是宮體詩中的雲岡造像，而賓王尤其好大成癖（這可以他那以賦為詩的〈帝京篇〉、〈疇昔篇〉為證）。從五言四句的〈自君之出矣〉，擴充到盧、駱二人洋洋灑灑的巨篇，這也是宮體詩的一個劇變。僅僅篇幅大，沒有什麼，要緊的是背面有厚積的力量撐持著。這力量，前人謂之「氣勢」，其實就是感情。有真實感情，所以盧、駱的來到，能使人們麻痺了百餘年的心靈復活。有感情，所以盧、駱的作

品，正如杜甫所預言的，「不廢江河萬古流」。

從來沒有暴風雨能夠持久的。果然持久了，我們也吃不消，所以我們要它適可而止。因為，它究竟只是一個手段，打破鬱悶煩躁的手段，也只是一個過程，達到雨過天青的過程。手段的作用是有時效的，過程的時間也不宜太長，所以在宮體詩的園地上，我們很僥倖的碰見了盧、駱，可也很願意能早點離開他們——為的是好和劉希夷會面。

古來容光人所羨，況復今日遙相見？願作輕羅著細腰，願為明鏡分嬌面。（〈公子行〉）

這不是什麼十分華貴的修辭，在劉希夷也不算最高的造詣。但在宮體詩裡，我們還沒聽見過這樣的痴情話。我們也知道它的來源是〈同聲詩〉和〈閒情賦〉。但我們要記得，這樣越過齊梁，直向漢晉人借貸靈感，在將近百年以來的宮體詩裡也很少人幹過呢！

與君相向轉相親，與君雙棲共一身。願作貞松千歲古，誰論芳槿一朝新！百年同謝西山日，千秋萬古北邙塵。（〈公子行〉）

這連同它的前身——楊方〈合歡詩〉，也不過是常態的、健康的愛情中，極平凡、極自然的思念，誰知道在宮體詩中也成為了不得的稀世的珍寶。回返常態確乎是劉希夷的一個主要特質，孫翌編《正聲集》時把劉希夷列在卷首，便已看出這一點來了。看他即便哀豔到如：

　　自憐妖豔姿，妝成獨見時。愁心伴楊柳，春盡亂如絲。（〈春女行〉）

　　攜籠長嘆息，逶迤戀春色。看花若有情，倚樹疑無力。薄暮思悠悠，使君南陌頭。相逢不相識，歸去夢青樓。（〈採桑〉）

也從沒有不歸於正的時候。感情返到正常狀態是宮體詩的又一重大階段。唯其如此，所以煩躁與緊張都消失了，只剩下一片晶瑩的寧靜。就在此刻，戀人才變成詩人，憬悟到萬象的和諧，與那一水一石一草一木的神祕的不可抵抗的美，而不禁受創似的哀叫出來：

　　可憐楊柳傷心樹！可憐桃李斷腸花！（〈公子行〉）

　　但正當他們叫著「傷心樹」、「斷腸花」時，他已從美的暫促性中認識了那玄學家所謂的「永恆」──一個最縹緲，又最實在，令人驚喜，又令人震怖的存在，在它面前一切都變渺小了，暫忽了，一切都沒有了。自然認識了那無上的智慧，就在那徹悟的一剎那間，戀人也就是哲人了。

　　洛陽城東桃李花，飛來飛去落誰家？洛陽女兒好顏色，坐見落花長嘆息。今年花落顏色改，明年花開復誰在！……古人無復洛城東，今人還對落花風，年年歲歲花相似，歲歲年年人不同！（〈代悲白頭翁〉）

　　相傳劉希夷吟到「今年花落……」二句時，吃一驚，吟到

「年年歲歲……」二句，又吃一驚。後來詩被宋之問看到，硬要讓給他，詩人不肯，就生生的被宋之問給用土囊壓死了。於是詩讖就算驗了。編故事的人的意思，自然是說，劉希夷洩露了天機，論理該遭天譴。這是中國式的文藝批評，雋永而正確，我們在千載之下，不能，也不必改動它半點，不過我們可以用現代語替它詮釋一遍，所謂洩露天機者，便是悟到宇宙意識之謂。從蜣蜋轉丸式的宮體詩一躍而到莊嚴的宇宙意識，這可太遠了，太驚人了！這時的劉希夷實已跨近了張若虛半步，而離絕頂不遠了。

如果劉希夷是盧、駱的狂風暴雨後寧靜爽朗的黃昏，張若虛便是風雨後更寧靜更爽朗的月夜。〈春江花月夜〉本用不著介紹，但我們還是忍不住要談談。就宮體詩發展的觀點看，這首詩，尤有大談的必要。

春江潮水連海平，海上明月共潮生。灩灩隨波千萬里，何處春江無月明！江流宛轉繞芳甸，月照花林皆似霰。空裡流霜不覺飛，汀上白沙看不見。

在這種詩面前，一切的讚嘆是饒舌，幾乎是瀆褻。它超過了一切的宮體詩有多少路程的距離，讀者們自己也知道。我認為用得著一點詮明的倒是下面這幾句：

……江畔何人初見月？江月何年初照人？人生代代無窮已，江月年年只相似。不知江月待何人，但見長江送流水！

更夐絕的宇宙意識！一個更深沉、更寥廓、更寧靜的境界！在神奇的永恆前面，作者只有錯愕，沒有憧憬，沒有悲傷。從前盧照鄰指點出「昔時金階白玉堂，即今唯見青松在」時，或另一個初唐詩人──寒山子更尖酸的吟著「未必長如此，芙蓉不耐寒」時，那都是站在本體旁邊凌視現實。那態度我以為太冷酷、太傲慢，或者如果你願意，也可以帶點狐假虎威的神氣。在相反的方向，劉希夷又一味凝視著「以有涯隨無涯」的徒勞，而徒勞的為它哀毀著，那又未免太萎靡，太怯懦了。只張若虛這態度不亢不卑，沖融和易才是最純正的，「有限」與「無限」，「有情」與「無情」──詩人與「永恆」猝然相遇，一見如故，於是談開了──「江畔何人初見月？江月何年初照人？江月年年只相似，不知江月待何人？」對每一問題，他得到的彷彿是一個更神祕的更淵默的微笑，他更迷惘了，然而也滿足了。於是他又把自己的祕密傾吐給那緘默的對方：

白雲一片去悠悠，青楓浦上不勝愁。

因為他想到她了，那「妝鏡臺」邊的「離人」。他分明聽見她的嘆喟：

此時相望不相聞，願逐月華流照君！

他說自己很懊悔，這飄蕩的生涯究竟到幾時為止！

昨夜閒潭夢落花，可憐春半不還家。江水流春去欲盡，江潭落月復西斜！

他在悵惘中，忽然記起飄蕩的許不只他一人，對此清景，大概旁人，也只得徒喚奈何罷？

斜月沉沉藏海霧，碣石瀟湘無限路。不知乘月幾人歸，落月搖情滿江樹！

這裡一番神祕而又親切的、如夢境的晤談，有的是強烈的宇宙意識、被宇宙意識昇華過的純潔的愛情，又由愛情輻射出來的同情心，這是詩中的詩，頂峰上的頂峰。從這邊回頭一望，連劉希夷都是過程了，不用說盧照鄰和他的配角駱賓王，更是過程的過程。至於那一百年間梁、陳、隋、唐四代宮廷所遺下的那份最黑暗的罪孽，有了〈春江花月夜〉這樣一首宮體詩，不也就洗淨了嗎？向前替宮體詩贖清了百年的罪，因此，向後也就和另一個頂峰陳子昂分工合作，清除了盛唐的路 —— 張若虛的功績是無從估計的。

卅年八月廿二日陳家營
原載《當代評論》第十期

四傑

　　繼承北朝系統而立國的唐朝的最初五十年代，本是一個尚質的時期，王、楊、盧、駱都是文章家，「四傑」這徽號，如果不是專為評文而設的，至少它的主要意義是指他們的賦和四六文。談詩而稱四傑，雖是很早的事，究竟只能算借用。是借用，就難免有「削足適履」和「掛一漏萬」的毛病了。

　　按通常的了解，詩中的四傑是唐詩開創期中負起了時代使命的四位作家，他們都年少而才高，官小而名大，行為都相當浪漫，遭遇尤其悲慘（四人中三人死於非命）──因為行為浪漫，所以受盡了人間的唾罵，因為遭遇悲慘，所以也贏得了不少的同情。依這樣一個概括，簡明，也就是膚廓的了解，「四傑」這徽號是滿可以適用的，但這也就是它的適用性的最大限度。超過了這限度，假如我們還問到：這四人集團中每個單元的個別情形，和相互關係，尤其他們在唐詩發展的路線網裡，究竟代表著那一條，或數條線，和這線在網的整個體系中所擔負的任務──假如問到這些方面，「四傑」這徽號的功用與適合性，馬上就成問題了。因為詩中的四傑，並非一個單純的、統一的宗派，而是一個大宗中包孕著兩個小宗，而兩小宗之間，同點恐怕還不如異點多，因之，在討論問題時，「四傑」這名詞所能給我們的方便，恐怕也不如糾葛多。數字是個很方便的東西，也是個很麻煩的東西。既在某一觀點下湊成了一個數目，就不能由你在另一觀點下隨便拆開它。不能拆開，又不能廢棄它，所以就麻煩了。「四傑」這徽號，我們不能，也不想廢

棄，可是我承認我是抱著「息事寧人」的苦衷來接受它的。

四傑無論在人的方面，或詩的方面，都天然形成兩組或兩派。先從人的方面講起。

將四人的姓氏排成「王楊盧駱」這特定的順序，據說寓有品第文章的意義，這是我們熟知的事實。但除這人為的順序外，好像還有一個自然的順序，也常被人採用 —— 那便是序齒的順序。我們疑心張說〈裴公神道碑〉「在選曹見駱賓王、盧照鄰、王勃、楊炯」，和郗雲卿〈駱丞集序〉「與盧照鄰、王勃、楊炯文詞齊名」，乃至杜詩「縱使盧王操翰墨」等語中的順序，都屬於這一類。嚴格的序齒應該是盧、駱、王、楊，其間盧、駱一組，王、楊一組，前者比後者平均大了十歲的光景。然則盧、駱的順序，在上揭張、郗二文裡為什麼都顛倒了呢？郗序是為了行文的方便，不用講。張碑，我想是為了心理的緣故，因為駱與裴（行儉）交情特別深，為裴作碑，自然首先想起駱來。也許駱赴選曹本在先，所以裴也先見到他。果然如此，則先駱後盧，是採用了另一事實作標準。但無論依那個標準說，要緊的還是在張、郗二文裡，前二人（駱、盧）與後二人（王、楊）之間的一道鴻溝（即平均十歲左右的差別），依然存在。所以即使張碑完全用的另一事實 —— 赴選的先後作為標準，我們依然可以說，王、楊赴選在盧、駱之後，也正說明了他們年齡小了許多。實在，盧、駱與王、楊簡直可算作兩輩子人。據《唐會要》卷八二，「顯慶二年，詔徵太白山人孫思邈入京，盧照鄰、宋令

文、孟詵皆執師贄之禮」。令文是宋之問的父親，而之問是楊炯同寮的好友。盧與之問的父親同輩，而楊與之問本人同輩，那麼盧與楊豈不是不能同輩了嗎？明白了這一層，楊炯所謂「愧在盧前，恥居王後」，便有了確解。楊年紀比盧小得多，名字反在盧前，有愧不敢當之感，所以說「愧在盧前」，反之，他與王多分是同年，名字在王後，說「恥居王後」，正是不甘心的意思。

比年齡的距離更重要的一點，便是性格的差異。在性格上四傑也天然形成兩種類型，盧、駱一類，王、楊一類。誠然，四人都是歷史上著名的「浮躁淺露」不能「致遠」的殷鑑，每人「醜行」的事例，都被謹慎的保存在史乘裡了，這裡也毋庸贅述。但所謂「浮躁淺露」者，也有程度深淺的不同。楊炯，相傳據裴行儉說，比較「沉靜」。其實王勃，除擅殺官奴那不幸事件外（殺奴在當時社會上並非一件太不平常的事），也不能算過分的「浮躁」。一個人在短短二十八年的生命裡，已經完成了這樣多方面的一大堆著述：

《舟中纂序》五卷，《周易發揮》五卷，《次論語》十卷，《漢書指瑕》十卷，《大唐千歲歷》若干卷，《黃帝八十一難經注》若干卷，《合論》十卷，《續文中子書序詩序》若干篇，《玄經傳》若干卷，《文集》三十卷。

能夠浮躁到哪裡去呢？同王勃一樣，楊炯也是文人而兼有學者傾向的，這滿可以從他的〈天文大象賦〉和〈駁孫茂道蘇知幾冕服議〉中看出。由此看來，王、楊的性格確乎相近。相應

的，盧、駱也同屬於另一類型，一種在某項觀點下真可目為「浮躁」的類型。久歷邊塞而屢次下獄的博徒革命家，駱賓王，不用講了。看〈窮魚賦〉和〈獄中學騷體〉，盧照鄰也不像是一個安分的分子。駱賓王在〈豔情代郭氏答盧照鄰〉裡，便控告過他的薄倖。然而按駱賓王自己的口供，

但使封侯龍額貴，詎隨中婦鳳樓寒？

他原也是在英雄氣概的煙幕下實行薄倖而已。看〈憶蜀地佳人〉一類詩，他並沒有少給自己製造薄倖的機會。在這類事上，盧、駱恐怕還是一丘之貉。最後，盧照鄰那悲劇型的自殺，和駱賓王的慷慨就義，不也還是一樣？同是用不平凡的方式自動的結束了不平凡的一生，只是一悱惻，一悲壯，各有各的姿態罷了。

　　這幾乎是不可避免的發展：由年齡的兩輩，和性格的兩類型，到友誼的兩個集團。果然，盧、駱二人交情，可憑駱的〈豔情代郭氏答盧照鄰〉詩來坐實，而王、楊的契合，則有王的〈秋日餞別序〉和楊的〈王勃集序〉可證。反之，盧或駱與王或楊之間，就看不出這樣緊湊的關係來。就現存各家集中所可考見的說，盧、王有兩首同題分韻的詩，盧、楊有一首同題同韻的詩，可見他們兩輩人確乎在文酒之會中常常見面。可是太深的交情，恐怕談不到。他們絕少在作品裡互相提到彼此的名字，有之，只楊在〈王勃集序〉中說到一次「薛令公朝右文宗，托末契而推一變；盧照鄰人間才傑，覽清規而輟九攻」，這反足以證

明盧、駱與王、楊屬於兩個壁壘，雖則是兩個對立而仍不失為友軍的壁壘。

於是，我們便可談到他們——盧、駱與王、楊——另一方面的不同了。年齡的不同輩，性格的不同類型，友誼的不同集團，和作風的不同派，這些不也正是一貫的現象嗎？其實，不待知道「人」方面的不同，我們早就應該發覺「詩」方面的不同了。假如不受傳統名詞的矇蔽，我們早就該驚訝，為什麼還非維持這「四」字不可，而不仿「前七子」、「後七子」的例，稱盧、駱為「前二傑」，王、楊為「後二傑」？難道那許多跡象，還不足以證明他們兩派的不同嗎？

首先，盧、駱擅長七言歌行，王、楊專工五律，這是兩派選擇形式的不同。當然盧、駱也作五律，甚至大部分篇什還是五律，而王、楊一派中至少王勃也有些歌行流傳下來，但他們的長處絕不在這些方面。像盧集中的：

風搖十洲影，日亂九江文。（〈贈李榮道士〉）
川光搖水箭，山氣上雲梯。（〈山莊休沐〉）

和駱集中這樣的發端：

故人無與晤，安步陟山椒……（〈冬日野望〉）

在那貧乏的時代，何嘗不是些奪目的珍寶？無奈這些有句無章的篇什，除聲調的成功外，還是沒有超過齊梁的水準。駱比較有些「完璧」，如〈在獄詠蟬〉之類，可是又略無警策。同

樣，王的歌行，除〈滕王閣歌〉外，也毫不足觀。便說〈滕王閣歌〉，和他那典麗凝重與淒情流動的五律比起來，又算得了什麼呢！

杜甫〈戲為六絕句〉第三首說：「縱使盧王操翰墨，劣於漢魏近《風》《騷》。」這裡是以盧代表盧、駱，王代表王、楊，大概不成問題。至於「劣於漢魏近《風》《騷》」，假如可以解作王、楊「劣於漢魏」，盧、駱「近《風》《騷》」，倒也有它的妙處，因為盧、駱那用賦的手法寫成的粗線條的宮體詩，確乎是《風》《騷》的餘響，而王、楊的五言，雖不及漢魏，卻越過齊梁，直接上晉宋了。這未必是杜詩的原意，但我們不妨藉它的啟示來闡明一個真理。

盧、駱與王、楊選擇形式不同，是由於他們兩派的使命不同。盧、駱的歌行，是用鋪張揚厲的賦法膨脹過了的樂府新曲，而樂府新曲又是宮體詩的一種新發展，所以盧、駱實際上是宮體詩的改造者。他們都曾經是兩京和成都市中的輕薄子，他們的使命是以市井的放縱改造宮廷的墮落，以大膽代替羞怯，以自由代替局縮，所以他們的歌聲需要大開大闔的節奏，他們必需以賦為詩。正如宮體詩在盧、駱手裡是由宮廷走到市井，五律到王、楊的時代是從臺閣移至江山與塞漠。臺閣上只有儀式的應制，有「綺句繪章，揣合低卬」。到了江山與塞漠，才有低徊與悵惘，嚴肅與激昂，例如王的〈別薛昇華〉、〈送杜少府之任蜀州〉和楊的〈從軍行〉、〈紫騮馬〉一類的抒情詩。

抒情的形式，本無須太長，五言八句似乎恰到好處。前乎王、楊，尤其應制的作品，五言長律用的還相當多。這是該注意的！五言八句的五律，到王、楊才正式成為定型，同時完整的真正唐音的抒情詩也是這時才出現的。

將盧、駱與王、楊對照著看，真是一個說不盡的話題。我在旁處曾說明過從盧、駱到劉（希夷）、張（若虛）是一貫的發展，現在還要點醒，王、楊與沈、宋也是一脈相承。李商隱早無意的道著了祕密：

沈宋裁辭矜變律，王楊落筆得良朋。當時自謂宗師妙，今日唯觀屬對能。（〈漫成章〉）

以沈、宋與王、楊並舉，實在是最自然，最合理的看法。「律」之「變」，本來在王、楊手裡已經完成了。而沈、宋也是「落筆得良朋」的妙手。並且我們已經提過，楊炯和宋之問是好朋友。如果我們再知道他們是好到如之問〈祭楊盈川文〉所說的那程度，我們便更能了然於王、楊與沈、宋所以是一脈相承之故。老實說，就奠定五律基礎的觀點看，王、楊與沈、宋未嘗不可視為一個集團，因此也有資格承受「四傑」的徽號，而盧、駱與劉、張也同樣有理由，在改良宮體詩的觀點下，被稱為另一組「四傑」。一定要墨守著先入為主的傳統觀點，只看見「王、楊、盧、駱」之為四傑，而抹煞了一切其他的觀點，那只是拘泥、頑冥，甘心上傳統名詞的當罷了。

將盧、駱與王、楊分別的劃歸了劉、張與沈、宋兩個集團

後，再比較一下劉、張與沈、宋在唐詩中的地位，便也更能了解盧、駱與王、楊的地位了。五律無疑是唐詩最主要的形式，在那時人心目中，五律才是詩的正宗。沈、宋之被人推重，理由便在此。按時人安排的順序，王、楊的名字列在盧、駱之上，也正因他們的貢獻在五律，何況王、楊的五律是完全成熟了的五律，而盧、駱的歌行還不免於草率、粗俗的「輕薄為文」呢？論內在價值，當然王、楊比盧、駱高。然而，我們不要忘記盧、駱曾用以毒攻毒的手段，憑他們那新式宮體詩，一舉摧毀了舊式的「江左餘風」的宮體詩，因而給歌行芟除了蕪穢，開出一條坦途來。若沒有盧、駱，那會有劉、張，那會有〈長恨歌〉、〈琵琶行〉、〈連昌宮詞〉和〈秦婦吟〉，甚至於李、杜、高、岑呢？看來，在文學史上，盧、駱的功績並不亞於王、楊。後者是建設，前者是破壞，他們各有各的使命。負破壞使命的，本身就得犧牲，所以失敗就是他們的成功。人們都以成敗論事，我卻願向失敗的英雄們多寄予點同情。

原載《世界學生》第二卷第七期

孟浩然

（西元六八九年 ── 西元七四〇年）

當年孫潤夫家所藏王維畫的孟浩然像，據《韻語陽秋》的作者葛立方說，是個很不高明的摹本，連所附的王維自己和陸羽、張洎等三篇題識，據他看，也是一手摹出的。葛氏的鑑定大概是對的，但他並沒有否認那「俗工」所據的底本 ── 即張洎親眼見到的孟浩然像，確是王維的真跡。這幅畫，據張洎的題識說：

雖軸塵縑古，尚可窺覽。觀右丞筆跡，窮極神妙。襄陽之狀頯而長，峭而瘦，衣白袍，靴帽重戴，乘款段馬─童總角，提書籍負琴而從─風儀落落，凜然如生。

這在今天，差不多不用證明，就可以相信是逼真的孟浩然。並不是說我們知道浩然多病，就可以斷定他當瘦。實在經驗告訴我們，什九人是當如其詩的。你在孟浩然詩中所意識到的詩人那身影，能不是「頯而長，峭而瘦」的嗎？連那件白袍，恐怕都是天造地設，絲毫不可移動的成分。白袍靴帽固然是「布衣」孟浩然分內的裝束，尤其是詩人孟浩然必然的扮相。編《孟浩然集》的王士源應是和浩然很熟的人，不錯，他在序文裡用來開始介紹這位詩人的「骨貌淑清，風神散朗」八字，與夫陶翰〈送孟六入蜀序〉所謂「精朗奇素」，無一不與畫像的精神相合，也無一不與孟浩然的詩境一致。總之，詩如其人，或人就是詩，再沒有比孟浩然更具體的例證了。

張祐曾有過「襄陽屬浩然」之句，我們卻要說：浩然也屬於

襄陽。也許正唯浩然是屬於襄陽的，所以襄陽也屬於他。大半輩子歲月在這裡度過，大多數詩章是在這地方、因這地方、為這地方而寫的。沒有第二個襄陽人比孟浩然更忠於襄陽、更愛襄陽的。晚年漫遊南北，看過多少名勝，到頭還是：

山水觀形勝，襄陽美會稽。

實在襄陽的人傑地靈，恐怕比它的山水形勝更值得人讚美。從漢陰丈人到龐德公，多少令人神往的風流人物，我們簡直不能想像一部《襄陽耆舊傳》，對於少年的孟浩然是何等深厚的一個影響。了解了這一層，我們才可以認識孟浩然的人、孟浩然的詩。

隱居本是那時代普遍的傾向，但在旁人僅僅是一個期望，至多也只是點暫時的調濟，或過期的賠償，在孟浩然卻是一個完完整整的事實。在構成這事實的複雜因素中，家鄉的歷史地理背景，我想，是很重要的一點。

在一個亂世，例如龐德公的時代，對於某種特別性格的人，入山採藥，一去不返，本是唯一的出路。但生在「開元全盛日」的孟浩然，有那必要嗎？然則為什麼三番兩次朋友伸過援引的手來，都被拒絕，甚至最後和本州採訪使韓朝宗約好了一同入京，到頭還是喝得酩酊大醉，讓韓公等煩了，一賭氣獨自先走了呢？正如當時許多有隱士傾向的讀書人，孟浩然原來是為隱居而隱居，為著一個浪漫的理想，為著對古人的一個神聖的默契而隱居。在他這回，無疑的那成立默契的對象便是龐

德公。孟浩然當然不能為韓朝宗背棄龐公。鹿門山不許他，他
自己家園所在，也就是「龐公棲隱處」的鹿門山，絕不許他那
樣做。

**鹿門月照開煙樹，忽到龐公棲隱處。岩扉松徑長寂寥，唯
有幽人自來去。**

這幽人究竟是誰？龐公的精靈，還是詩人自己？恐怕那時
他自己也分辨不出，因為心理上他早與那位先賢同體化了。歷
史的龐德公給了他啟示，地理的鹿門山給了他方便，這兩項重
要條件具備了，隱居的事實便容易完成得多了。實在，鹿門山
的家園早已使隱居成為既成事實，只要念頭一轉，承認自己是
龐公的繼承人，此身便儼然是《高士傳》中的人物了。總之，是
襄陽的歷史地理環境促成孟浩然一生老於布衣的。孟浩然畢竟
是襄陽的孟浩然。

我們似乎為獎勵人性中的矛盾，以保證生活的豐富，幾千
年來一直讓儒道兩派思想維持著均勢，於是讀書人便永遠在一
種心靈的僵局中折磨自己，巢、由與伊、皋，江湖與魏闕，永
遠矛盾著、衝突著，於是生活便永遠不諧調，而文藝也便永遠
不缺少題材。矛盾是常態，愈矛盾則愈常態。今天是伊、皋，
明天是巢、由，後天又是伊、皋，這是行為的矛盾。當巢、由
時嚮往著伊、皋，當了伊、皋，又不能忘懷於巢、由，這是行
為與感情間的矛盾。在這雙重矛盾的夾纏中打轉，是當時一般
的現象。反正用詩一發洩，任何矛盾都註銷了。詩是唐人排解

感情糾葛的特效劑，說不定他們正因有詩作保障，才敢於放心大膽的製造矛盾，因而那時代的矛盾人格才特別多。自然，反過來說，矛盾愈深愈多，詩的產量也愈大了。孟浩然一生沒有功名，除在張九齡的荊州幕中當過一度清客外，也沒有半個官職，自然不會發生第一項矛盾問題。但這似乎就是他的一貫性的最高限度。因為雖然身在江湖，他的心並沒有完全忘記魏闕。下面不過是許多顯明例證中之一：

欲濟無舟楫，端居恥聖明。坐觀垂釣者，徒有羨魚情。

然而「羨魚」畢竟是人情所難免的，能始終僅僅「臨淵羨魚」，而並不「退而結網」，實在已經是難得的一貫了。聽李白這番熱情的讚嘆，便知道孟浩然超出他的時代多麼遠：

吾愛孟夫子，風流天下聞。紅顏棄軒冕，白首臥松雲。醉月頻中聖，迷花不事君。高山安可仰，徒此挹清芬。

可是我們不要忘記矛盾與詩的因果關係，許多詩是為給生活的矛盾求統一、求調和而產生的。孟浩然既免除了一部分矛盾，對於他，詩的需要便當減少了。果然，他的詩是不多，量不多，質也不多。量不多，有他的同時人作見證，杜甫講過的：「吾憐孟浩然……賦詩雖不多，往往凌鮑謝。」質不多，前人似乎也早已見到。蘇軾曾經批評他「韻高而才短，如造內法酒手，而無材料」。這話誠如張戒在《歲寒堂詩話》裡所承認的，是說盡了孟浩然，但也要看才字如何解釋。才如果是指才情與才

學二者而言，那就對了，如果專指才學，還算沒有說盡。情當然比學重要得多。說一個人的詩缺少情的深度和厚度，等於說他的詩的質不夠高。孟浩然詩中質高的有是有些，數量總是太少。「氣蒸雲夢澤，波撼岳陽城」式的和「微雲淡河漢，疏雨滴梧桐」式的句子，在集中幾乎都找不出第二個例子。論前者，質和量當然都不如杜甫，論後者，至少在量上不如王維。甚至「不才明主棄，多病故人疏」，質、量都不如劉長卿和十才子。這些都不是真正的孟浩然。真孟浩然不是將詩緊緊的築在一聯或一句裡，而是將它沖淡了，平均的分散在全篇中：

出谷未停午，到家日已曛。回瞻下山路，但見牛羊群。樵子暗相失，草蟲寒不聞。衡門猶未掩，佇立望夫君。

甚至淡到令你疑心到底有詩沒有：

垂釣坐磐石，水清心亦閒。魚行潭樹下，猿掛鳥藤間。遊女昔解佩，傳聞於此山。求之不可得，沿月棹歌還。

淡到看不見詩了，才是真正孟浩然的詩，不，說是孟浩然的詩，倒不如說是詩的孟浩然，更為準確。在許多旁人，詩是人的精華，在孟浩然，詩縱非人的糟粕，也是人的剩餘。在最後這首詩裡，孟浩然幾曾作過詩？他只是談話而已。甚至要緊的還不是那些話，而是談話人的那副「風神散朗」的姿態。讀到「求之不可得，沿月棹歌還」，我們得到一如張洎從畫像所得到的印象，「風儀落落，凜然如生」。得到了象，便可以忘言，得

到了「詩的孟浩然」，便可以忘掉「孟浩然的詩」了。這是我們前面所提到的「詩如其人」或「人就是詩」的另一解釋。

超過了詩也好，搆不上詩也好，任憑你從環子的哪一點看起。反正除了孟浩然，古今並沒有第二個詩人到過這境界。東坡說他沒有才，東坡自己的毛病，就在才太多。

莊子笑曰：「周將處乎材與不材之間。材與不材之間，似之而非也，故未免乎累。」

誰能了解莊子的道理，就能了解孟浩然的詩，當然也得承認那點「累」。至於「似之而非」，而又能「免乎累」，那除陶淵明，還有誰呢？

原載《大國民報》

賈島

（西元七七九年 ── 西元八四三年）

這像是元和長慶間詩壇動態中的三個較有力的新趨勢。這邊老年的孟郊，正哼著他那沙澀而帶芒刺感的五古，惡毒的咒罵世道人心，夾在咒罵聲中的，是盧仝、劉叉的「插科打諢」和韓愈的宏亮的嗓音，向佛、老挑釁。那邊元稹、張籍、王建等，在白居易的改良社會的大纛下，用律動的樂府調子，對社會泣訴著他們那各階層中病態的小悲劇。同時遠遠的，在古老的禪房或一個小縣的廨署裡，賈島、姚合領著一群青年人作詩，為各人自己的出路，也為著癖好，做一種陰黯情調的五言律詩（陰黯由於癖好，五律為著出路）。

老年、中年人忙著挽救人心、改良社會，青年人反不聞不問，只顧躲在幽靜的角落裡作詩，這現象現在看來不免新奇，其實正是舊中國傳統社會制度下的正常狀態。不像前兩種人，或已「成名」，或已通籍，在權位上有說話、做事的機會和責任，這般沒功名、沒宦籍的青年人，在地位上、職業上可說尚在「未成年」時期，種種對國家社會的崇高責任是落不到他們肩上的。越俎代庖的行為是情勢所不許的，所以恐怕誰也沒想到那頭上來。有抱負也好，沒有也好，一個讀書人生在那時代，總得作詩。作詩才有希望爬過第一層進身的階梯。詩做到合乎某種程序，如其時運也湊巧，果然溷得一「第」，到那時，至少在理論上你才算在社會中「成年」了，才有說話做事的資格。否則萬一你的詩作得不及或超過了程序的嚴限，或詩無問題而時

運不濟，那你只好作一輩子的詩，為責任作詩以自課，為情緒作詩以自遣。賈島便是在這古怪制度之下被犧牲，也被玉成了的一個。在這種情形下，你若還怪他沒有服膺孟郊到底，或加入白居易的集團，那你也可算不識時務了。

賈島和他的徒眾，為什麼在別人忙著救世時，自己只顧作詩，我們已經明白了；但為什麼單作五律呢？這也許得再說明一下。孟郊等為便於發議論而作五古，白居易等為講故事而作樂府，都是為了各自特殊的目的，在當時習慣以外，匠心的採取了各自特殊的工具。賈島一派人則沒有那必要。為他們起見，當時最通行的體裁 —— 五律就夠了。一則五律與五言八韻的試帖最近，作五律即等於做功課，二則為拈拾點景物來烘托出一種情調，五律也正是一種標準形式。然而作詩為什麼老是那一套陰霾、凜冽、峭硬的情調呢？我們在上文說那是由於癖好，但癖好又是如何形成的呢？這點似乎尤其重要。如果再明白了這點，便明白了整個的賈島。

我們該記得賈島曾經一度是僧無本。我們若承認一個人前半輩子的蒲團生涯，不能因一旦返俗，便與他後半輩子完全無關，則現在的賈島，形貌上雖然是個儒生，骨子裡恐怕還有個釋子在。所以一切屬於人生背面的、消極的、與常情背道而馳的趣味，都可溯源到早年在禪房中的教育背景。早年記憶中「坐學白骨塔」或「三更兩鬢幾枝雪，一念雙峰四祖心」的禪味，不但是

獨行潭底影，數息樹邊身。

⋯⋯

月落看心次，雲生閉目中。

一類詩境的藍本，而且是

瀑布五千仞，草堂瀑布邊。

⋯⋯

孤鴻來夜半，積雪在諸峰。

　　甚至「怪禽啼曠野，落日恐行人」的淵源。他目前那時代——一個走上了末路的，荒涼、寂寞、空虛，一切罩在一層鉛灰色調中的時代，在某種意義上與他早年記憶中的情調是調和，甚至一致的。唯其這時代的一般情調，基於他早年的經驗，可說是先天的與他不但面熟，而且知心，所以他對於時代，不致如孟郊那樣憤恨，或白居易那樣悲傷，反之，他卻能立於一種超然地位，藉此溫尋他的記憶，端詳它，摩挲它，彷彿一件失而復得的心愛的什物一樣。早年的經驗使他在那荒涼得幾乎猙惡的「時代相」前面，不變色，也不傷心，只感著一種親切、融洽而已。於是他愛靜，愛瘦，愛冷，也愛這些情調的象徵——鶴，石，冰雪。黃昏與秋是傳統詩人的時間與季候，但他愛深夜過於黃昏，愛冬過於秋。他甚至愛貧，病，醜和恐怖。他看不出「鸚鵡驚寒夜喚人」句一定比「山雨滴棲鳩」更足以令人關懷，也不覺得「牛羊識僮僕，既夕應傳呼」較之「歸吏封宵鑰，行蛇入古桐」更為自然。也不能說他愛這些東西。如

果是愛，那便太執著而鄰於病態了。（由於早年禪院的教育，不執著的道理應該是他早已懂透了的。）他只覺得與它們臭味相投罷了。更說不上好奇。他實在因為那些東西太不奇，太平易近人，才覺得它們「可人」，而喜歡常常注視它們。如同一個三稜鏡，毫無主見的準備接受並解析日光中各種層次的色調，無奈「世紀末」的雲翳總不給他放晴，因此他最熱鬧的色調也不過

　　杏園啼百舌，誰醉在花傍！
　　……
　　身事豈能遂？蘭花又已開。

和

　　柳轉斜陽過水來

之類。常常是溫馨與淒清糅合在一起，

　　蘆葦聲兼雨，芰荷香繞燈。

春意留戀在嚴冬的邊緣上，

　　舊房山雪在，春草岳陽生。

他瞥見的「月影」偏偏不在花上而在「蒲根」，「棲鳥」不在綠楊中而在「棕花上」。是點荒涼感，就逃不脫他的注意，那怕瑣屑到「溼苔黏樹瘦」。

　　以上這些趣味，誠然過去的詩人也偶爾觸及到，卻沒有如今這樣大量的、徹底的被發掘過，花樣、層次也沒有這樣豐富。我們簡直無法想像他給與當時人的，是如何深刻的一個刺

激。不，不是刺激，是一種酣暢的滿足。初唐的華貴，盛唐的壯麗，以及最近十才子的秀媚，都已膩味了，而且容易引起一種幻滅感。他們需要一點清涼，甚至一點酸澀來換換口味。在多年的熱情與感傷中，他們的感情也疲乏了。現在他們要休息。他們所熟習的禪宗與老莊思想也這樣開導他們。孟郊、白居易鼓勵他們再前進。眼看見前進也是枉然，不要說他們早已聲嘶力竭。況且有時在理論上就釋、道二家的立場說，他們還覺得「退」才是正當辦法。正在苦悶中，賈島來了，他們得救了，他們驚喜得像發現了一個新天地，真的，這整個人生的半面，猶如一日之中有夜，四時中有秋冬 —— 為什麼老被保留著不許窺探？這裡確乎是一個理想的休息場所，讓感情與思想都睡去，只感官張著眼睛往有清涼色調的地帶涉獵去。

叩齒坐明月，捫頤望白雲。

休息又休息。對了，唯有休息可以驅除疲憊、恢復氣力，以便應付下一場的緊張。休息，這政治思想中的老方案，在文藝態度上可說是第一次被賈島發現的。這發現的重要性可由它在當時及以後的勢力中窺見。由晚唐到五代，學賈島的詩人不是數字可以計算的，除極少數鮮明的例外，是向著詞的意境與詞藻移動的，其餘一般的詩人大眾，也就是大眾的詩人，則全屬於賈島。從這觀點看，我們不妨稱晚唐五代為賈島時代 [02]。他居然被崇拜到這地步：

---

02 宋方岳《深雪偶談》：「賈閬仙……同時喻鳧，顧非熊，繼此張喬，張蠙，李頻，劉得仁，凡晚唐諸子，皆於紙上北面，隨其所得深淺，皆足以終其身而名後世。」

李洞……酷慕賈長江，遂銅寫島像，戴之巾中，常持數珠念賈島佛……人有喜賈島詩者，洞必手錄島詩贈之，叮嚀再四曰：「此無異佛經，歸焚香拜之。」（《唐才子傳》九）

南唐孫晟……嘗畫賈島像，置於屋壁，晨夕事之。（《郡齋讀書志》十八）

上面的故事，你盡可解釋為那時代人們的神經病的象徵，但從賈島方面看，確乎是中國詩人從未有過的榮譽，連杜甫都不曾那樣老實的被偶像化過；你甚至說晚唐五代之崇拜賈島是他們那一個時代的偏見和衝動，但為什麼幾乎每個朝代的末葉都有回向賈島的趨勢？宋末的四靈，明末的鍾、譚，以至清末的同光派，都是如此。不寧唯是，即宋代江西派在中國詩史上所代表的新階段，大部分不也是從賈島那份遺產中得來的贏餘嗎？可見每個在動亂中滅毀的前夕都需要休息，也都要全部地接受賈島，而在平時，也未嘗不可以部分地接受他，作為一種調濟，賈島畢竟不單是晚唐五代的賈島，而是唐以後各時代共同的賈島。

原載昆明《中央日報‧文藝》第十八期

少陵先生年譜會箋

公姓杜氏，名甫，字子美。十三世祖晉當陽侯預，曾祖依藝，祖審言，祖母薛氏，父閒，母崔氏。預勳業學術，震耀千古，史載其言曰「德不可企及，立功立言，可庶幾也」，其自負如此。依藝官監察御史，河南鞏縣令；審言修文館學士，尚書膳部員外郎；閒朝議大夫，兗州司馬，終奉天令。公〈進雕賦表〉曰「臣之近代陵夷，公侯之貴磨滅，鼎銘之勛，不復炳耀於明時」，良然。顧審言詩稱初唐大家；審言從兄易簡亦以文章有聲於時，（按《舊唐書・文苑傳》：「易簡……善著述，撰《御史臺雜注》五卷，《文集》二十卷，行於代」。）杜氏立言之風，固不替也。故公獻〈三大禮賦〉後，贈崔於二學士詩曰「儒術誠難起，家聲庶已存」。

▋睿宗先天元年壬子（西元七一二年）

即景雲三年，正月改元太極，五月改元延和。七月，立皇太子隆基為皇帝，以聽小事，自尊為太上皇。八月，玄宗即位，改元先天。是年，鞏縣大水，壞城邑，損居民數百家。（見《鞏縣志》）孟浩然二十二歲；李白、王維並十三歲。王灣登進士第。（見《唐詩紀事》及徐松《登科記考》）張九齡擢「道侔伊呂」科。（見《冊府元龜》、《唐會要》）玄宗即位，始置翰林院，延文章之士，下至僧道書畫琴棋術數之工，皆處之，謂之待詔。按置翰林院，史不詳何年，姑繫於此。

公生於河南鞏縣。《河南府志》：「鞏縣東二里瑤灣，工部故里也。故鞏城有康水，去瑤灣二十里，與逸事合。」（逸事詳見

後）又曰「康水，即康店南水。工部故里在瑤灣，去康店南二十里外」。考公族望，本出京兆杜陵，故每稱「杜陵野老」，〈進封西嶽賦表〉云「臣本杜陵諸生也」。自六世祖叔毗，已為襄陽人，（《周書·叔毗傳》：「其先京兆人，徙居襄陽。」）曾祖依藝終河南鞏縣令，遂世居鞏縣。

玄宗開元元年癸丑（西元七一三年）

即先天二年，十二月改元。十月，幸新豐，講武於驪山下。

公二歲。

開元二年甲寅（西元七一四年）

正月，置教坊於蓬萊宮側，上自教法曲，謂之「梨園弟子」。（見《唐會要》、《雍錄》）七月，造興慶宮。是年，王翰舉「直言極諫」科，又舉「超拔群類」科。（見《唐才子傳》）

公公三歲。

開元三年乙卯（西元七一五年）

西域八國請降。

公四歲。

開元四年丙辰（西元七一六年）

印度僧善無畏來華。

公五歲。《萬年縣君墓志》曰「甫昔臥病於我諸姑，姑之子

又病。問女巫，巫曰『處楹之東南隅者吉』。姑遂易子之地以安我，我用是存，而姑之子卒。後乃知之於走使」。臥病年次無可考。唯《志》云「後乃知之於走使」，知時尚童稚，未解記事。公七歲吟詩，六歲觀舞，皆留記憶，臥病要當在六七歲前，則無惑矣。姑列此以俟考。〈進封西嶽賦表〉曰「是臣無負於少小多病，貧窮好學者已」。少小多病，殆指此耶？

▌開元五年丁巳（西元七一七年）

詔訪逸書，選吏繕寫，命尹知章等二十二人，於東都乾元殿前編校刊正，稱「乾元院」。

公六歲。嘗至郾城，觀公孫大娘舞「劍器」，「渾脫」。〈觀公孫大娘弟子舞劍器行〉序曰「開元三載，余尚童稚，記於郾城觀公孫氏舞『劍器』『渾脫』」。錢箋：「『三載』一作『五載』，時公年六歲。公『七歲思即壯』；六歲觀劍，似無不可。詩云『五十年間似反掌』，自開元五年，至是年（按大曆二年），凡五十一年。」

▌開元六年戊午（西元七一八年）

改乾元院為麗正修書院。賈至生。

公七歲。始作詩文。〈壯遊〉詩云「七齡思即壯，開口詠鳳凰」。〈奉贈鮮於京兆二十二韻〉云：「學詩猶孺子。」〈進雕賦表〉云「自七歲所綴詩筆，向四十載矣，約千有餘篇」。

▌開元七年己未（西元七一九年）

〈華嚴論〉成。

公八歲。

▌開元八年庚申（西元七二〇年）

李思訓卒。（見李邕〈雲麾將軍碑〉）印度金剛智，不空金剛來華。（按合善無畏稱「開元三大師」）

公九歲。始習大字。〈壯遊〉詩云「九齡書大字，有作成一囊」。

▌開元九年辛酉（西元七二一年）

命僧一行造新曆（即「大衍曆」），梁令瓚造黃道遊儀。

公十歲。

▌開元十年壬戌（西元七二二年）

公十一歲。

▌開元十一年癸亥（西元七二三年）

四月，張說為中書令。十月，置溫泉宮於驪山。是年，元結生。崔顥登進士第。（見《唐才子傳》）初制「聖壽樂」，令諸女衣五方色衣，以歌舞之。（見《教坊記》）

公十二歲。廣德元年，公五十二歲時，在梓州〈送路六侍御入朝詩〉曰「童稚情親四十年」。路蓋是公十二三時友伴。

開元十二年甲子（西元七二四年）

祖詠登進士第。（見《唐才子傳》）

公十三歲。

開元十三年乙丑（西元七二五年）

十月，作「水運渾天」成。十一月，封泰山；車駕還，幸孔子宅；過潞州金橋，御路縈轉，上見數十里間，旗纛鮮潔，羽衛齊整，遂令吳道玄等三人合製「金橋圖」。（見《開天傳信記》）

公十四歲。〈壯遊〉詩曰「往昔十四五，出遊翰墨場。斯文崔魏徒，以我似班揚」。原注：「崔鄭州尚，魏豫州啟心。」

〈江南逢李龜年〉詩曰「岐王宅裡尋常見，崔九堂前幾度聞」；原注「崔九，即殿中監崔滌，中書令湜之弟」。按岐王範，崔滌，並卒於開元十四年，則公始逢李龜年，在是年以前，今亦附記於此。黃鶴以為是時未有梨園弟子，公不得與龜年同遊，因謂詩雲「岐王」當指嗣岐王珍，「崔九堂前」乃崔氏舊堂。按《唐會要》：「開元二年，上以天下無事，聽政之暇，於梨園自教法曲，必盡其妙，謂之『皇帝梨園弟子』。」《雍錄》：「開元二年，置教坊於蓬萊宮側，上自教法曲，謂之『梨園弟子』」。公〈劍器行〉序亦云「自高頭宜春梨園二伎坊內人，洎外供奉舞女，曉是舞者，聖文神武皇帝初，公孫一人而已」；公觀舞在開元五年，（或作三年）時亦已有梨園之稱，乃謂開元十四年，無梨園弟子，何哉？考東都尚善坊有岐王範宅，（見《唐兩京城

坊考》)崔氏亦有宅在東都，（張說〈荥陽夫人鄭氏墓志銘〉「終於雒陽之遵化里」，鄭氏即滌之母。）公天寶前，未嘗至長安，其聞龜年歌，必在東都。（公姑萬年君居東都仁風里，幼時嘗臥病於其家，或疑公母早亡，寄養於姑，雖近附會，然以鞏、洛咫尺之近，其常在東都留居姑家，則可信也。）若云範滌卒時，公才十五，前此齠齔之年，不得與於名公貴介之遊；則不知十四五時，已出遊翰墨場，與崔魏輩相周旋矣。且「脫略小時輩，結交皆老蒼」，復有〈壯遊〉詩句，可以覆案。必謂天寶後，始得與龜年相見，失之泥矣。

《詩話類編》「杜甫十餘歲，夢人令采文於康水。覺而問人，此水在二十里外。乃往求之，見峨冠童子告曰：『汝本文星典吏，天使汝下謫，為唐世文章，雲誥已降，可於豆壠下取。』甫依其言，果得一石，有金字，文曰『詩王本在陳芳國，九夜捫之麟篆熱，聲振扶桑享天國』。後因佩入蔥市，歸而飛火入室有聲曰『邂逅穢吾，令汝文而不貴』。」事本不經，聊贅於此，用資談助耳。

▌開元十四年丙寅（西元七二六年）

四月，張說罷。是年，儲光羲、崔國輔、綦毋潛登進士第。（俱見《唐才子傳》）

公十五歲。〈百憂集行〉曰「憶昔十五心尚孩，健如黃犢走復來，庭前八月梨棗熟，一日上樹能千回」。

開元十五年丁卯（西元七二七年）

王昌齡、常建登進士第。（並見《唐才子傳》）徐堅等纂《初學記》成。（見《唐會要》）

公十六歲

開元十六年戊辰（西元七二八年）

公十七歲

開元十七年己巳（西元七二九年）

宋璟為尚書右丞相。

公十八歲

開元十八年庚午（西元七三〇年）

十一月，張說薨。是年，釋智升撰《開元釋教錄》，實我國佛教經錄之總匯。

公十九歲。遊晉，至郇瑕，今山西猗氏縣。從韋之晉、寇錫遊。〈哭韋之晉〉詩曰「悽愴郇瑕地，差池弱冠年」。〈酬寇侍御〉詩曰「往別郇瑕地，於今四十年」。朱鶴齡曰「郇瑕，晉地。公弱冠之時，嘗遊晉地；當是遊晉後為吳越之遊也」。按〈酬寇侍御〉詩鶴注曰「詩云『故泊洞庭船』，當是大曆五年潭州作，其云『春深把臂前』，蓋指去年之春」。大曆五年，距開元十八年，適得四十年，知公遊晉，實在十九歲時。前詩云「差池弱冠年」，非必實指二十也。

開元十九年辛未（西元七三一年）

吐蕃求《毛詩》、《禮記》、《左傳》、《文選》，以經書賜與之。王維入公主第，唱「鬱輪袍」，並呈詩卷，大獲嘉賞，尋舉進士，遂以狀頭及第。（事見《集異記》。《唐才子傳》稱維開元十九年進士，《舊唐書》作開元九年，《登科記考》曰「按『九』上脫『十』字」。）薛據同榜進士。（見《唐才子傳》）王昌齡舉「博學宏詞」科。

公二十歲。遊吳越。黃曰「公〈進三大禮賦表〉云『浪跡於陛下豐草長林，實自弱冠之年』，則其遊吳越，乃在開元十九年」。嘗至江寧，與許八、旻上人同遊，約當是年。〈送許八歸江寧〉詩題曰「甫昔時嘗客遊此縣，於許生處乞瓦棺寺維摩圖樣」（按〈維摩詰圖〉晉顧愷之作）。〈因許八寄旻上人〉詩曰「不見旻公三十年」，又曰「舊來好事今能否？……棋局動隨幽澗竹，袈裟憶上泛湖船」。二詩當是乾元元年作，鶴注：「遊吳越在開元十九年，公方二十歲，至乾元元年，相距二十七年。曰『三十年』者，亦約略之詞。」

開元二十年壬申（西元七三二年）

三月，信安王禕大破奚、契丹於幽州。六月，遣范安及於長安廣花萼樓，築夾城，至芙蓉園。（按《會要》作二十四年）

公二十一歲。遊吳越。

▌開元二十一年癸酉（西元七三三年）

十一月，宋璟致仕。十二月，張九齡同中書門下平章事。是年，上親注《道德經》，令學者習之。（見《封氏見聞記》）劉長卿登進士第。（見《唐才子傳》）

公二十二歲。遊吳越。

▌開元二十二年甲戌（七三四）

五月，張九齡為中書令，李林甫同平章事。十二月，張守珪斬契丹王屈烈，及其大臣虞可汗，傳首東都。是年，刺史韋濟薦方士張果，詔以果為光祿大夫。王昌齡選宏詞超絕群類。（見《直齋書錄解題》）

公二十三歲。遊吳越。

▌開元二十三年乙亥（七三五）

十二月，冊壽王妃楊氏。是年，李適之為河南尹。（見公〈皇甫淑妃碑〉）韋應物生。賈至、李頎登進士第；（並見《唐才子傳》）蕭穎士、李華同榜進士。（見《舊唐書·文苑傳》、〈韋述傳〉、《摭言》及華〈寄趙十七侍御〉詩注）李白遊太原。司馬承禎化形於天臺。（見劉大彬《茅山志》）玄宗注《老子》，並修《義疑》八卷，並制《開元文字音義》三十卷頒示公卿。（見《唐會要》）

公二十四歲。自吳越歸東都，舉進士，不第。黃曰「公本傳『嘗舉進士，不第』，故〈壯遊〉詩云『歸帆拂天姥，中歲貢舊

鄉。……忤下考功第，獨辭京兆堂』。」按史：唐初考功郎掌貢舉；至開元二十四年，考功郎李昂為舉人詆訶，帝以員外郎望輕，徙禮部，以侍郎主之。則公下考功第，當在二十三年，蓋唐制年年貢士也。〈選舉志〉：「每年仲冬，州縣館監，舉其成者，送之尚書省。」〈上韋左丞〉詩曰「甫昔少年日，早充觀國賓」；鶴注：「其時年方二十餘歲，宜自謂少年也。」《舊唐書·韋述傳》：「蕭穎士者，聰儁過人，富詞學，有名於時；賈曾、席豫、張垍、韋述皆引為談客；開元二十三年登進士第，考功員外郎孫逖稱之於朝。」則知是年孫逖知貢舉。又是年試場在福唐觀。《太平廣記》引《定命錄》：「崔圓微時，欲舉進士於魏縣，見市令李含章云『君合武出身，官更不停，直至宰相』。開元二十三年，應將帥舉科，又於河南府充鄉貢進士，其日正於福唐觀試，遇敕下，便於試場中喚將拜執戟，參謀河西軍事。」按《唐兩京城坊考》：福唐觀，在崇業坊。李邕有〈東都福唐觀鄧天師碣〉。

▌開元二十四年丙子（西元七三六年）

　　五月，名僧義福卒，賜號大智禪師，七月，葬於伊闕之北，送葬者數萬人，嚴挺之為作碑。十一月，張九齡罷，李林甫兼中書令，牛仙客同平章事。是年，於西京大明宮置集賢殿書院。（《唐兩京城坊考》：「按西京之有書院，仿東都之制也。開元二十四年，駕在東都，張九齡遣直官魏先祿先入京造之。」）吳道玄作「地獄變相圖」。

　　公二十五歲。遊齊趙。朱曰「按〈壯遊〉詩『忤下考功第，

獨辭京兆堂，放蕩齊趙間，裘馬頗清狂』。是下第後即遊齊趙
之明證」。交蘇源明。錢謙益曰「〈壯遊〉詩云『……放蕩齊趙
間，裘馬頗清狂。春歌叢臺上，冬獵青丘旁……蘇侯據鞍喜，
忽如攜葛強』。……蘇侯，注云『監門冑曹蘇預』，即源明也。
開元中，源明客居徐兗，天寶初舉進士。詩獨舉蘇侯，知杜之
遊齊趙，在開元時，而高李不與也」。案〈八哀詩〉曰「結交三十
載」。源明卒於廣德二年，前二十八年，為開元二十四年，源明
猶未至京師，公與訂交，必在其時，詩曰「三十載」者，舉成數
也。〈壯遊〉詩曰「春歌叢臺上，冬獵青丘旁，呼鷹皂櫪林，逐
獸雲雪岡」。《漢書》顏師古注：「……叢臺，本六國時趙王故臺，
在邯鄲城中。」《寰宇記》：「青丘，在青州千乘縣。」蔡夢弼曰
「皂櫪林，雲雪岡，皆齊地」。是所遊之地甚廣，疑非在一時。
源明居山東亦甚久，直至上表自舉時，猶自稱「臣山東一布衣
也」。公自開元二十四年，始遊齊趙，至二十九年歸東都，中更
五載；其與源明同遊，當在此數年間。〈七月三日論壯年樂事〉
詩曰「歘思紅顏日，霜露凍階闥。胡馬挾雕弓，鳴弦不虛發。
長鈚逐狡兔，突羽當滿月」；盧曰「此即〈壯遊〉詩中『放蕩齊趙
間，裘馬頗清狂。……呼鷹皂櫪林，逐獸雲雪岡』事也」。

▌開元二十五年丁丑（西元七三七年）

　　四月，張九齡貶荊州長史。十一月，宋璟薨。是年，上以
幾致措刑，推功元輔。王維為監察御史，在河西節度幕中。
　　公二十六歲。遊齊趙。

▌開元二十六年戊寅（西元七三八年）

三月，杜希望拔吐蕃新城，以其地為威武軍。六月，張守珪大破契丹林胡，遣使獻捷。是年，分左右羽林，置龍武軍。崔曙舉進士，以狀元及第。（見《直齋書錄解題》）

公二十七歲。遊齊趙。

▌開元二十七年己卯（西元七三九年）

八月，追諡孔子為文宣王。蓋嘉運大破突厥施於碎葉城，擒其王吐火仙送京師。是年，崔曙卒。

公二十八歲。遊齊趙。

▌開元二十八年庚辰（西元七四〇年）

是時頻歲豐稔，京師米斛不滿二百，天下乂安，雖行萬里，不持寸鐵。張九齡、孟浩然並卒於是年。王昌齡遊襄陽。（見王士源〈孟浩然集序〉）

公二十九歲。遊齊趙。公父閒為兗州司馬時，公嘗至兗省侍，當在是年，〈登兗州城樓〉詩所云「東郡趨庭日，南樓縱目初」者是也。考傳志不言遊兗，而集中多兗州詩，〈登兗州城樓〉，其一也。諸家或編於開元二十四年或以屬開元二十八年。要以後說為近是。蓋公詩散佚者多，天寶以前，尤罕存稿。觀集中自開元二十四年以前，遊晉，遊吳越，間歸東都，皆無詩；自開元二十四年以後，至二十八年，其間遊齊趙，亦無詩。不

宜獨開元二十四年遊兗所作，忽有存稿。揆之常理，〈登兗州城樓〉詩，其不作於開元二十四年，明矣。且今集中諸作，時次可考，萬無疑義者，唯〈假山詩〉最早，實作於天寶元年。自是以後，存詩漸多。茲定趨庭於開元二十八年，則作〈登兗州城樓〉詩時，去〈假山詩〉，才前二年，庶幾與開始存稿之期，亦較合符節矣。又按閒之卒年，於兗州趨庭事，為先決問題。舊說頗有異議，唯朱錢二氏持論最有據。天寶三載，公祖母范陽太君卒，公撰墓志；或以為時閒已故，志蓋代登作也。錢謙益曰「代其父閒作也。薛氏所生子曰閒，曰升，曰專；太君所生曰登。《志》云：『某等宿遭內艱，長自太君之手者』；知其代父作也。又曰『升幼卒，專先是不祿』；則知閒尚無恙也。……《元志》雲閒為奉天令。是時尚為兗州司馬。閒之卒，蓋在天寶間，而其年不可考矣」。朱注：「按《志》云『故朝議大夫兗州司馬』，猶《漢書·李廣傳》所云『故李將軍』，非謂已沒也。……但閒時為兗州司馬，而《傳》、《志》俱云『終奉天令』。考奉天為次赤縣，唐制京縣令，正五品，上階。閒自兗州司馬授奉天令，蓋從五品升正五品也，公東郡趨庭之後，閒即丁太君憂，必服闋補此官耳。」按閒卒必在天寶三載以後，尚別有證。公弟四人：穎，觀，豐，占。公行二，集有寄豐詩，稱第五弟，疑豐為閒第四子。又有〈遠懷舍弟穎觀等〉詩，穎次觀前，觀當係閒第三子。又有〈舍弟觀歸藍田迎新婦〉詩，約作於大曆二年。若定觀二十左右置室，則當生於天寶五載前後，豐占復幼於觀，知天寶十載前，閒蓋尚存，而其卒，則宜在天寶末，或且更後，

亦屬可能。舊說閣卒於天寶三載前，則開元二十八年或不宜有趨庭事。今既知閣卒遠在天寶三載後，則定趨庭於開元二十八年，益有據矣。

〈寄高常侍〉詩曰「汶上相逢年頗多」；仇注：「汶上相逢，蓋開元間相遇於齊魯也」。考高適〈酬祕書弟兼寄幕下諸公〉詩序曰「乙亥歲，（按即開元二十五年）適徵詣長安」；又〈送族姪式顏〉詩（按開元二十七年作，詳見後）曰「俱遊帝城下，忽在梁園裡」。適以開元二十三年遊京師，二十七年來梁宋，其間公雖在齊趙，不得遇適於汶上也。又適〈奉酬北海李太守平陰亭〉詩曰「誰謂整隼旟，翻然憶柴扃。寄書汶陽客，回首平陰亭」。李邕以天寶二年出為北海太守，六載杖死於郡。其間適嘗客居汶陽，而公亦以天寶四載再遊齊魯，則相逢汶上，其即在天寶四載乎？然而天寶三載秋，二人實嘗相從賦詩於梁宋，此云「汶上相逢年頗多」，明指訂交之初，又不合也。蓋遊梁以後，寄詩以前，二公聚首者屢矣，詩何以獨言天寶四載汶上之遇？是知以汶上相逢屬於天寶四載，又不足信。竊謂開元二十七八年間，適嘗至山東，因得與公相遇，詩所云，殆指此也。適〈宋中送族姪式顏〉詩注曰「時張大夫貶括州，使人召式顏，遂有此作」；同時又作〈送族姪式顏〉詩曰「我今行山東，離憂不能已」。按《舊唐書‧玄宗紀》，張守珪貶括州，在開元二十七年六月。其時適方有山東之行。意其既至山東，與公相值，或在開元二十七八年之間；其時公方遊齊趙，汶上地在齊南魯北，二公邂逅於斯，正意中事耳。

〈別張十三建封〉詩曰「相逢長沙亭，乍問緒業餘，乃吾故人子，童丱聯居諸」。朱注：「公父閒為兗州司馬，當是趨庭之日，與張玠（按即建封父，兗州人）同遊，而建封相從也。故人指玠，童丱指建封。建封以貞元十六年終，年六十有六。公開元末遊兗，是時建封才六七歲耳。」按與張玠同遊，當亦在開元二十七八年，與趨庭及逢高適之年份皆合，可資互證也。

║開元二十九年辛巳（西元七四一年）

正月，兩京諸州各置玄元皇帝廟，並崇玄學；以《老》《莊》《文》《列》為「四子」；令習業成者，準明經考試，謂之道舉。八月，以安祿山為營州都督，充平盧軍使。九月，上親注《金剛經》及《修義訣》。（見《冊府元龜》）

公三十歲。歸東都。築陸渾莊，於寒食日祭遠祖當陽君。是年有〈祭當陽君文〉曰「小子築室首陽之下，不敢忘本，不敢違仁，庶刻豐石，樹此大道，論次昭穆，載揚顯號」。紬詞意，當是因新居落成而昭告遠祖。《寰宇記》：「首陽山，在偃師縣西北二十五里。」公〈寄河南韋尹〉詩原注曰「甫有故廬在偃師」，當即指此。〈憶弟二首〉原注：「時歸在河南陸渾莊。」浦起龍曰「公有舊廬在河南偃師縣，曰陸渾莊；後又有土婁莊，宜即一處」。按公有〈憑孟倉曹將書覓土婁舊莊〉詩曰「平居喪亂後，不到洛陽岑」；且此曰「舊莊」，前詩曰「故廬」，義亦正同，故知即一處也。唯浦以為莊名「土婁」，鶴注亦謂「土婁」為地名，非也。「土婁」，疑即〈寄河南韋尹〉詩「尸鄉餘土室」之「土室」。（《詩

正義》：「河南偃師縣西二十里有屍鄉亭。」）鶴別注「土室謂依土以為室，如《宿贊公土室》詩云『土室延白光』」者，得之。

▌天寶元年壬午（西元七四二年）

二月，褒封莊子為南華真人，文子為通玄真人，列子為沖虛真人，庚桑子為洞虛真人；其所著書悉號「真經」。十月，造長生殿。（見《唐會要》）是年，李白自會稽來京師。王維為左補闕，遷庫部郎中。

公三十一歲。在東都。姑萬年縣君卒於東京仁風里，六月，還殯於河南縣，公作墓志。《志》曰「作配君子，實為好仇，河東裴君諱榮期，見任濟王府錄事參軍」。又有「兄子甫」云云，則縣君，公父之妹也。

▌天寶二年癸未（西元七四三年）

正月，安祿山入朝。三月，廣運潭成。是年，邱為登進士第。（見《唐才子傳》）長安「飲中八仙」之遊，約當此時。

公三十二歲。在東都。

▌天寶三載甲申（西元七四四年）

正月，遣左右相以下祖別賀知章於長樂坡。李白供奉翰林院。三月，安祿山兼范陽節度使。壽王妃楊氏號「太真」召入宮。李白賜金放還。是年，岑參登進士第。（見杜確〈岑嘉州集序〉，《唐才子傳》）芮挺章選自開元初迄天寶三載詩稱《國秀集》。

公三十三歲。在東都。五月，祖母范陽太君卒於陳留之私第，八月，歸葬偃師，公作墓志。范陽太君，公祖審言繼室，盧氏。是年夏，初遇李白於東都。顧宸曰「公與白相從賦詩，始於天寶三四載間，前此未聞相善也。白生於武后聖曆二年，公生於睿宗先天元年，白長公十三歲，公於開元九年遊剡溪，而白與吳筠同隱剡溪，則在天寶二年，相去十三載，斷未相值也。後公下第遊齊趙，在開元二十三年；考白譜，時又不在齊趙。及白因賀知章薦，召入金鑾，則在天寶三載正月，時公在東都，葬范陽太君（按葬太君事在八月，此誤。）未嘗晤白於長安也。是載八月，白放還，客遊梁宋，始見公於東都，（按三月放還，五月已至梁宋；見公於東都，當在三五月之間），遂相從如弟兄耳。觀公後寄白二十二韻有云『乞歸優詔許，遇我宿心親』，是知乞歸後始遇也」。按〈贈李白〉詩，當是本年初遇白時作。詩曰「李侯金閨彥，脫身事幽討」。盧世㴞曰「天寶三載，詔白供奉翰林，旋被高力士譖，帝賜金放還，白托鸚鵡以賦曰『落羽辭金殿』，是『脫身』也；是年，白從高天師授籙，是『事幽討』也」。秋，遊梁宋，與李白高適登吹臺琴臺。〈遣懷〉詩曰「昔我遊宋中，唯梁孝王都。……憶與高李輩，論交入酒壚。兩君壯藻思，得我色敷腴。氣酣登吹臺，懷古視平蕪。芒碭雲一去，鴈鶩空相呼」。〈昔遊〉詩曰「昔者與高李（按原注曰「高適李白」），晚登單父臺（按即琴臺）。寒蕪際碣石，萬里風雲來。桑柘葉如雨，飛藿去徘徊。清霜大澤凍，禽獸有餘哀」。〈贈李白〉詩曰「亦有梁宋遊，方期拾瑤草」，蓋在東都時，與白預為

之約也。《唐書‧李白傳》：「與高適同過汴州，酒酣登吹臺，慷慨懷古」；公傳：「從高適李白過汴州，登吹臺，慷慨懷古，人莫測也。」王琦《太白年譜》曰「〈贈蔡舍人〉詩云『一朝去京國，十載客梁園』……〈梁園吟〉曰『我浮黃河去京闕，掛席欲進波連山。天長水闊厭遠涉，訪古始及平臺（按即吹臺）間』，是去長安之後，即為梁宋之遊也」。（按〈梁園吟〉又曰「平頭奴子搖大扇，五月不熱疑清秋」，是白以三月放還，五月已至梁宋，至其與高杜同遊，則在深秋耳）。適〈東征賦〉曰「歲在甲申，秋窮季月，高子遊梁既久，方適楚以超忽」；〈宓公琴臺〉詩序曰「甲申歲，適登子賤琴臺」。適又有〈宋中別周梁李三子〉詩曰「李侯懷英雄，骯髒乃天資」，似謂白也。適集中多宋中詩，所言時序，多與公詩合，其間必有是時所作者。嘗渡河遊王屋山，謁道士華蓋君，而其人已亡。〈憶昔行〉曰「憶昔北尋小有洞，洪河怒濤過輕舸。辛勤不見華蓋君，艮岑青輝慘麼麼。千崖無人萬壑靜，三步回頭五步坐。秋山眼冷魂未歸，仙賞心違淚交墮。弟子誰依白茅屋，盧老獨啟青銅鎖。巾拂香餘搗藥塵，階除灰死燒丹火。玄圃滄洲莽空闊，金節羽衣飄婀娜。落日初霞閃餘映，倏忽東西無不可。松風澗水聲合時，青兒黃熊啼向我」。仇注：「此初訪華蓋君而傷其逝世，是遊梁宋時事。」〈昔遊〉詩曰：「昔謁華蓋君，深求洞宮腳。玉棺已上天，白日亦寂寞。暮升艮岑頂，巾幾猶未卻。弟子四五人，入來淚俱落。余時遊名山，發軔在遠壑。良覿違夙願，含淒向寥廓。林昏罷幽磬，竟夜伏石閣。王喬下天壇，微月映皓鶴。（按此言夢寐恍

惚，如見道士跨鶴降於天壇也。舊注非是）。晨溪嚮虛馭，歸徑行已昨。」朱鶴齡曰「華蓋君，猶《太白集》之丹丘子，蓋開元天寶間道士隱於王屋者，不必求華蓋所在以實之也。詩云『深求洞宮腳』，洞宮即〈憶昔行〉所云『北尋小有洞』也。……洞在王屋艮岑，即王屋山東北之岑也。天壇亦在王屋；《地志》『王屋山絕頂曰天壇，濟水發源處』是也。王屋在大河之北，故〈憶昔行〉曰『洪河怒濤過輕舸』也」。按二詩追述謁華蓋君事至詳盡，因悉錄之，以存故實，是時詩中屢言學仙，一若真有志於此者。今則渡大河，走王屋，將求華蓋君而師事之，至而其人適亡。詩云「良覿違夙願，含淒向寥廓」，沮喪之情可知；宜其歷久不忘，一再追念而不厭也。又按李陽冰〈草堂集序〉：白放還後，即就從祖陳留採訪大使彥允，請北海高天師授道籙於齊州紫極宮。陳留，宋地：白之來遊，為訪彥允；公之來遊，為謁華蓋。前此公〈贈李白〉詩曰「亦有梁宋遊，相期拾瑤草」，殆謂此也。公師事華蓋之志，竟不就；而白後果得受籙於高天師，（白有〈奉餞高尊師如貴道士傳道籙畢歸北海〉詩）故公明年又有〈贈李白〉詩曰「未就丹砂愧葛洪」。

▌天寶四載乙酉（西元七四五年）

八月，冊太真為貴妃，三姊皆賜第京師。是年，李白在山東，冬日，去之江東。九月，詔改兩京波斯寺為「大秦寺」。（見《冊府元龜》。按此中土最古之天主教堂也。）

公三十四歲。再遊齊魯。是時李之芳為齊州司馬，夏日，

李邕自北海郡來齊州，公嘗從遊，陪宴歷下亭及鵲山湖亭。〈陪李北海宴歷下亭〉詩原注「時邑人蹇處士輩在坐」。按盧象有詩題曰「追涼歷下古城西北隅——此地有清泉喬木」，一本題上有「同李北海」四字。公詩云「濟南名士多」。象，汶水人，或嘗與斯遊乎？俟考。旋暫如臨邑。臨邑屬齊州。秋後至兗州，時李白亦歸東魯，兗州，天寶元年改名魯郡。公與同遊，情好益密，公贈白詩所云「余亦東蒙客，憐君如弟兄。醉眠秋共被，攜手日同行」者是也。白家本在魯郡。公〈送白二十韻〉曰「醉舞梁園夜，行歌泗水春」，知白遊梁之次年春，已至兗州。（天寶三載三月，諸郡玄元廟已改稱紫極宮。白至齊州，於紫極宮從高天師受道籙，疑在歸兗以前，天寶三載秋冬之際）。公詩曰「余亦東蒙客」，白〈寄東魯二稚子〉詩曰「我家寄東魯，誰種龜陰田」，〈憶舊遊寄元參軍〉詩曰「北闕青雲不可期，東山白首還歸去」，曰東蒙，曰龜陰，曰東山，實即一處。《續山東考古錄》：「《元和志》以蒙與東蒙為二山。余謂蒙在魯東，故曰東蒙。……今天又分東蒙，雲蒙，龜蒙三山；唯《齊乘》以為龜蒙二山，最當。……合言之曰東山，分言之曰龜蒙」。俄而公將西去，白亦有江東之遊，城東石門一別，遂無復相見之日矣。錢曰「〈單父東樓送族弟沈之秦〉則曰『長安宮闕九天上，此地曾經為近臣。屈平憔悴滯江潭，亭伯流離放東海』，〈魯郡東石門送杜二甫〉則云『醉別復幾日，登臨徧池臺，何言石門路，重有金樽開』。此知李遊單父後，於魯郡石門與杜別也。單父至兗州二百七十里，蓋公輩遊梁宋後，復至魯郡，始言別也」。

在兗州時，白嘗偕公同訪城北范十隱居，公有詩曰「落景聞寒杵」，白集亦有尋范詩曰「雁度秋色遠」，二詩所紀時序正同。又公詩曰「更相幽期處，還尋北郭生」；白詩曰「忽憶范野人，閒園養幽姿，茫然起逸興，但恐行來辭」；公詩曰「入門高興發」；白詩曰「入門且一笑」；公詩曰「不願論簪笏，悠悠滄海情」；白詩曰「遠為千載期，風流自簸蕩」，辭意亦相彷彿，當是同時所作。且兗州天寶元年改魯郡，白自天寶元年自會稽來京師，三載放歸，客遊梁宋，直至四載，始來兗州，尋范詩題曰「魯城」，知為其時所作。蓋此後浪遊南中，不聞復歸魯也。

〈寄張十二山人彪三十韻〉云「歷下辭姜被，關西得孟鄰。早通交契密，晚接道流新」；仇注「歷下早通，記初交之地，關西晚接，記再遇之緣」。按公是年夏在歷下，而開元二十四年至二十九年間亦嘗遊齊地，初遇張彪，不知究在何時。〈題張氏隱居〉二首，或以為即指彪，然詩曰「石門斜日到林丘」，石門在兗州，而歷下在齊州，不可混為一談。黃鶴謂張氏乃張叔明（「明」或作「卿」），較有據。

公初遇元逸人及董煉師，蓋皆在此時。〈昔遊〉詩曰「東蒙赴舊隱，尚憶同志樂。伏事董先生，於今獨蕭索」。朱鶴齡曰「東蒙舊隱，即〈玄都壇歌〉『故人昔隱東蒙峰』者也。公客東蒙，與太白諸人同遊好，所謂同志樂也。其時之伏事者，則董先生，即『衡陽董煉師』也。」仇注「華蓋君已歿，而轉尋董煉師，是遊魯時事」。案元逸人，盧世㴞以為即與李白同遊之元丹丘；董煉師，據《輿地紀勝》，名奉先。

天寶五載丙戌（西元七四六年）

四月，左相李適之罷，陳希烈同平章事。（希烈以講《老》《莊》得進）是年，靈徹生。

公三十五歲。自齊魯歸長安。〈壯遊〉：「放蕩齊趙間……快意八九年，西歸到咸陽。」從汝陽王璡，駙馬鄭潛耀遊。〈壯遊〉詩於「西歸到咸陽」下，曰「賞遊實賢王，曳裾置醴地」。仇注：「賢王置醴，指汝陽王璡也。」〈贈特進汝陽王二十韻〉鶴注：「《舊史》，天寶初，璡終父喪，加特進；九載卒。考寧王憲以開元二十九年十一月薨。天寶三載，璡喪服初終，必其年二月，封璡以嗣寧，所弁加特進也。公於開元二十四年下考功第，去遊齊趙八九載，其歸長安，當在天寶四五載間。〈壯遊〉詩云『賞遊實賢王，曳裾置醴地』，正其時也」。多案：云四五載間，誤；當云五六載間也。〈贈汝陽王二十韻〉：「披霧初歡夕，高秋爽氣澄。樽罍臨極浦，鳧雁宿張燈。花月窮遊宴，炎天避鬱蒸。硯寒金井水，檐動玉壺冰。」仇注「初宴在秋，故見鳧宿燈張；後宴在夏，故見井水壺冰；中間花月之遊，當屬春時」。此所敍節候實跨兩載。此言初宴在秋，而客歲（天寶四載）秋日，公方在兗州。則是從璡遊，至早當自五載秋始，所云春夏，乃六載之春夏也。集中有〈皇甫淑妃碑〉，淑妃，鄭潛耀妻臨晉公主之母也。黃鶴定碑撰於天寶四載，曰「〈碑〉云『自我之西，歲陽載紀』」。按《爾雅》，自甲至癸，為歲之陽。妃以開元二十三年乙亥薨，至天寶四載乙酉，為歲陽載紀矣。碑當

立於是年也」。多按：此說非也。〈碑〉云「甫忝鄭莊之賓客，遊竇主之山林」，是撰碑之前，已從鄭遊。公五載始至長安，焉得四載為鄭莊賓客，且為撰碑哉？〈碑〉述潛耀之言曰「自我之西」，（仇注云「自東京至西京」，是也）故知所云「鄭莊」及「竇主之山林」必在長安。《長安志》：「蓮花洞，在神禾原，即鄭駙馬之居」，是其地矣。公又有〈鄭駙馬池臺喜遇鄭廣文同飲〉詩，其地亦在長安，詩云「俱過阮宅來」，知池臺即鄭宅中之池臺。又有〈鄭駙馬宅宴洞中〉詩，即蓮花洞也。或以為東都亦有鄭宅，至以新安東亭，亦屬潛耀，皆臆說無據，徐松《唐兩京城坊考》云：「雒陽第宅，多是武后中宗居東都時所立，中葉以後，不得有公主宅」，亦可證公未來長安前，不得遊竇主之山林，即不得為鄭莊之賓客矣。至「歲陽載紀」之語，乃約略言之，文家修詞，此類甚多，不得以為適當乙酉之歲也。

〈壯遊〉詩敘歸長安後之交遊，又曰「許與必詞伯」，仇注以為指岑參鄭虔輩。多案據杜確〈岑參集序〉，參自天寶三載擢第後，嘗居右內率府兵曹參軍，右威衛錄事參軍等職，則是時宜在京師。其曾否與公同遊，則於二公集中悉無徵，未可以臆斷也。若鄭虔，則此際萬無與公相值之理，說詳後。

天寶六載丁亥（西元七四七年）

詔天下通一藝者詣京師，李林甫素忌文學之士，下尚書省試，皆下之。正月，遣使就殺北海太守李邕；李適之飲藥死。九月，安祿山築雄武城。十月，改溫泉宮為華清宮，治湯井為

池，環山列宮室。十二月，築羅城，置百司公卿邸第，以房琯為繕理。高仙芝討小勃律，虜其王歸。是年，包佶登進士第，薛據中「風雅古調」科。

公三十六歲。在長安。元結〈諭友〉曰：「天寶丁亥中，詔征天下士有一藝者，皆得詣京師就選。晉公林甫以草野之士猥多，恐泄漏當時之機，議於朝廷曰：『舉人多卑賤愚聵，不識禮度，恐有俚言，汙濁聖聽。』於是奏待制者悉令尚書長官考試，御史中丞監之，試如常例。（原注：如吏部試詩賦論策。）已而布衣之士，無有第者，送表賀人主，以為野無遺賢。」《新唐書・李林甫傳》略同。時公與結皆應詔而退。〈贈鮮於京兆二十韻〉：「破膽遭前政，陰謀獨秉鈞，微生沾忌刻，萬事益酸辛」，即指此。

▌天寶七載戊子（西元七四八年）

十月，封貴妃三姊並國夫人。十二月，哥舒翰築神威軍於青海上，又築城龍駒島，吐蕃不敢近青海。是年，李益、盧綸生。包佶、李嘉祐登進士第。

公三十七歲。在長安。屢上詩韋濟，求汲引。上韋諸詩中，如曰「老驥思千里，饑鷹待一呼。君能微感激，亦足慰榛蕪」，曰「難甘原憲貧」，皆情詞悲切；如曰「紈綺不餓死，儒冠多誤身」，曰「朝叩富兒門，暮隨肥馬塵。殘杯與冷炙，到處潛悲辛」，又若不勝憤激。蓋公畢生之困厄，此其開端矣。然自齊魯西歸，旅食京邑，數年以來，亦頗受知於一二公卿，（贈汝陽

王：「招要恩屢至，崇重力難勝。」〈贈韋二十二韻〉：「每於百僚上，猥誦佳句新。」〈寄韋尹丈人〉原注：「甫有故廬在偃師，承韋公頻有訪問。」）特皆杯酒聯懽，片言延譽，終莫肯假以實助。即如蕭比部雖以姑表昆弟之親，尚不能脫公於屯蹇，他更無論矣。故私心怨忿之極，輒欲奮足遠引，與世決絕。〈贈韋二十二韻〉：「焉能心怏怏，只是走踆踆。今欲東入海，即將西去秦」，贈蕭比部：「中散山陽鍛，愚公野谷村。寧紆長者轍，歸老任乾坤」——或曰遠遊，或曰歸隱，但故為憤詞以自解，非本意如此也。與書家顧誡奢訂交，約當此時。〈送顧八分文學適洪吉州〉：「文學與我遊，蕭疏外聲利，追隨二十載，浩蕩長安醉，高歌卿相宅，文翰飛省寺」；仇曰二十載，通前後而言，是也。詩作於大曆三年，上數二十年，為天寶七載。

▌天寶八載己丑（西元七四九年）

哥舒翰攻拔吐蕃石堡城。不空自印度歸，求得密藏經論五百餘部，是為密宗之始。高適舉有道科，中第。

公三十八歲。在長安。〈高都護驄馬行〉云「飄飄遠自流沙至」。高仙芝天寶八載入朝，詩必作於是年。詩又云「長安健兒不敢騎，走過掣電傾城知」，故知是時公尚在長安。冬日，歸東都，因謁玄元皇帝廟，觀吳道子所畫壁。〈冬日洛城北謁玄元皇帝廟〉云「五帝聯龍袞」；黃曰「唐史，加五帝『大聖』字在八載閏六月，可證是年公又在東都」。按東都玄元廟，在積善坊。詩曰「畫手看前輩，吳生遠擅場。森羅移地軸，妙絕動宮牆——五聖

聯龍袞，千官列雁行，冕旒俱秀髮，旌旆盡飛揚」。原注：「廟有吳道子畫『五聖圖』。」康駢《劇談錄》載「玄元觀壁上，有吳道子畫五聖真容，及《老子化胡經事》，丹青絕妙，古今無比」。

▍天寶九載庚寅（西元七五〇年）

五月，封安祿山為東平郡王，唐將帥封王自此始。七月，置廣文館，以鄭虔為博士，虔獻詩並畫，帝署其尾曰「鄭虔三絕」。是年，沈既濟生。汝陽王璡卒。綦毋潛卒。

公三十九歲。來長安。初遇鄭虔。《新唐書·文藝·鄭虔傳》：「天寶初，為協律郎，集綴當世事著書八十餘篇。有窺其稿者，上書告虔私撰國史。虔蒼黃焚之。坐謫十年，還京師，玄宗愛其才，欲置左右，以不事事，更為置廣文館，以虔為博士。」《唐會要》：「天寶九載七月，置廣文館，以鄭虔為博士。」據《新唐書》，著書坐謫，必是天寶元年，而拜廣文博士，則自謫所甫歸京師時事。計若自天寶元年起，謫居十年，則歸京師拜廣文，必在天寶十載。然《唐會要》所紀，年月並具，必不誤。誤者，《新唐書》「天寶初」與「坐謫十年」二語，必居其一耳。總之，虔居貶所日久，或八九年，或十年，至天寶九載，始得歸京師，與公相遇而訂交，則無疑也。今觀凡公詩及虔者，不曰『廣文』，即曰『著作』，不曰『著作』，即曰『司戶』，咸九載以後之作，益足以斷二公定交，至早在天寶九載。不然，以二公相知之深，相從之密，何以九載以前，了不見過從酬答之跡？仇注〈壯遊〉「許與必詞伯」句，乃直曰「指岑參鄭虔

輩」；不知詩所敘為天寶五載始歸長安時之交遊，時虔方遠在貶
所，安得與公相見於長安？若鍾輅《前定錄》載開元二十五年，
虔為廣文博士，有鄭相如者謁虔，為預言汙賊署坐謫事，則稗
官之說，本非摭實，不足辯。

▎天寶十載辛卯（西元七五一年）

正月，祠太清宮，太廟，祀南郊。二月，安祿山兼領三
鎮。四月，鮮于仲通討南詔，高仙芝討大食，八月，安祿山討
契丹，並大敗。十一月，楊國忠兼劍南節度使。是年，錢起舉
進士，以試〈湘靈鼓瑟〉詩及第。賈至舉明經科及第。孟郊生。

公四十歲。在長安。進〈三大禮賦〉。玄宗奇之，命待制
集賢院。〈進封西嶽賦表〉：「頃歲，國家有事於郊廟，幸得奏
賦，待罪於集賢。」〈莫相疑行〉：「憶獻三賦蓬萊宮，自怪一
日聲輝赫，集賢學士如堵牆，觀我落筆中書堂。」魯訔曰「公奏
〈三大禮賦〉，史集皆云十三載」。朱曰：「按帝紀，十載行三大
禮，十三載未嘗郊，況表云『臣生長陛下淳樸之俗，行四十載
矣』，故知當在是歲。」按《唐六典》，延恩匭，凡懷才抱器，希
於聞達者投之。公前此貢舉落第，應詔退下，屢遭挫敗，蓋幾
於進身無路矣，至是乃又投匭獻賦，以冀一幸，〈贈別崔于二
學士〉所云「昭代將垂白，窮途乃叫閽」者是也。陸游〈題杜少
陵像圖〉：「長安落葉紛可掃，九陌北風吹馬倒。杜公四十不成
名，袖裡空餘三賦草。車聲馬聲喧客枕，三百青銅市樓飲。杯
殘炙冷正悲辛，仗內鬥雞催賜錦。」可謂善於寫照矣。又按〈贈

別崔于二學士〉詩曰「氣沖星象表，詞感帝王尊」，即史云「玄宗奇之」也。然詩又云「謬稱三賦在，難述二公恩」，原注：「甫獻〈三大禮賦〉出身，二公嘗謬稱述。」是則公之受知主上，實因二學士之稱述。二學士，崔國輔、于休烈也。秋，病瘧，友人魏君冒雨見訪，因作〈秋述〉貽之。文中有云：「秋，杜子臥病長安旅次，多雨生魚，青苔及榻。常時車馬之客，舊雨來，今雨不來。……我棄物也，四十無位，子不以官遇我，知我處順故也。」病後，過王倚，王餉以酒饌，感激作歌贈之。歌曰：「王生怪我顏色惡，答云伏枕艱難遍。瘧癘三秋孰可忍？寒熱百日相交戰。頭白眼暗坐有胝，肉黃皮皺命如線。唯生哀我未平復，為我力致美肴膳。遣人向市賒香粳，喚婦出房親自饌。長安冬葅酸且綠，金城土酥淨如練。兼求畜豪且割鮮，密沽斗酒諧終宴。故人情義晚誰似，令我手足輕欲旋。」此詩詞旨酸楚，不堪卒讀，其時潦倒可知矣。〈進三大禮賦表〉曰「頃者賣藥都市，寄食朋友」，蓋實錄也。是年，在杜位宅守歲。〈杜位宅守歲〉鶴注：「詩云『四十明朝過』則是天寶十載為四十歲。」按位，公之從弟，李林甫之諸婿也。公〈寄杜位〉詩原注：「位京中宅近西曲江。」

天寶十一載壬辰（西元七五二年）

　　四月，崔國輔貶竟陵郡司馬。十一月，李林甫卒，楊國忠為右相。哥舒翰，安祿山併入朝。高適隨翰至京師。歲晚，岑參赴安西。

公四十一歲。在長安。召試文章,送隸有司參列選序。〈進封西嶽賦表〉「委學官試文章,再降恩澤,仍猥以臣名實相副,送隸有司參列選序」。〈留贈崔于二學士〉:「天老書題目,春官驗討論。倚風遺路,隨水到龍門。竟與蛟螭雜,空聞燕雀喧。青冥猶契闊,凌厲不飛翻。」〈贈鄭諫議十韻〉:「使者求顏闔,諸公厭禰衡。」暮春,暫歸東都。〈留贈崔于二學士〉曰「故山多藥物,勝概憶桃源。欲整還鄉斾,長懷禁掖垣」,當是召試後暫還東都,其時蓋在季春,故曰「勝概憶桃源」。按史,天寶十一載四月,御史大夫王鉷賜死,禮部員外郎崔國輔坐近親,貶竟陵郡司馬。國輔貶官在四月,則公贈詩自在四月以前,與詩正合。冬,高適隨哥舒翰入朝,與公暫集,俄復別去,公有詩送之。《舊唐書》,十一載冬,翰與安祿山並來朝,上使高力士設宴崔駙馬山池,適蓋同至京師;及其去歸河西,公則作詩送之。

楊國忠為相,引鮮于仲通為京兆尹,事在本年十一月。公有〈贈鮮于京兆〉詩曰:「早晚報平津」,望其薦於國忠也。又曰:「破膽遭前政,陰謀獨秉鈞」,謂李林甫也。夫林甫之陰謀,不待言。若國忠之奸,不殊林甫,公豈不知?且二人素不協,秉政以來,私相傾軋者久矣。今於林甫死後,將有求於國忠,則以見忌於林甫為言,公之求進,毋乃過疾乎?雖然〈白絲行〉曰:「已悲素質隨時染,」又曰:「君不見才士汲引難,恐懼棄捐忍羈旅」,審其寄意所在,殆有悔心之萌乎!故知公於出處大節,非果無定見,與時輩之苟且偷合,執迷不悟者,不可同日

語也。錢謙益曰：「少陵之投詩京兆，鄰於餓死，（按贈鮮于詩有「有儒愁餓死」之句），昌黎之上書宰相，迫於飢寒。當時不得已而姑為權宜之計，後世宜諒其苦心，不可以宋儒出處，深責唐人也。」此言雖出之矇叟，然不失為平情之論。〈投簡華咸兩縣諸子〉曰「飢臥動即向一旬，敝衣何啻聯百結」。比來公生計之艱若是！

天寶十二載癸巳（西元七五三年）

正月，京兆尹鮮于仲通諷選人為楊國忠立頌省門。八月，京師霖雨，米貴，出太倉粟減糶。是年，皇甫曾，張繼，鮑防並登進士第。殷璠選《河嶽英靈集》，起於永徽甲寅（六五四），迄於本年。

公四十二歲。在長安。首夏，同鄭虔遊何將軍山林。〈重過何氏五首〉鶴注：「前云『千章夏木清』，初遊在夏。此云『春風啜茗時』，重遊在春矣。前屬天寶十二載，此則當是天寶十三載。詩又云『何日沾微祿』，乃是未授官時也，若十四載，則已授河西尉，又改率府冑曹矣。」多按：又玩〈遊何將軍山林〉中「詞賦工何益，山林跡未賒，盡捻書籍賣，來問爾東家」等句，明是獻賦不售後之詞。然十一載季春歸在東都，首夏未必能復來長安；詩又曰「綠垂風折筍，紅綻雨肥梅」，是初夏景物，則不得為天寶十一載之作矣。鶴編在十二載，得之。次子宗武約生於此年秋。仇注：「至德二載，公陷賊中，有詩云『驥子好男兒，前年學語時』，此時宗武約計五歲矣。」多按：據此則當生

於本年。又〈示宗武〉曰：「十五男兒志」，黃鶴編在大曆三年，今按當提前一年，編在大曆二年，其時宗武年十五歲，則適當生於天寶十二載，與仇說至德二載年五歲合矣。〈宗武生日〉又曰：「高秋此日生。」

▍天寶十三載甲午（西元七五四年）

是年，戶部奏郡縣戶口之數，為唐代之極盛。關中大饑。制舉始試詩賦。元結、韓翃登進士第；獨孤及舉洞曉玄經科，登第。崔顥、元德秀卒。蘇源明入為國子司業。陸贄生。

公四十三歲。在長安。進〈封西嶽賦〉。黃曰：「是年二月，右相兼文部尚書楊國忠守司空，即〈封西嶽表〉所云『元弼司空』也。故知進表在是年。」按又有〈贈獻納使田澄〉詩曰：「揚雄更有〈河東賦〉，唯待吹噓送上天」，當是獻賦前所投贈者。自東都移家至長安，居南城之下杜城。據〈橋陵詩〉，知是年秋後，自長安移家至奉先。然公家本在東都，其何時徙居長安，則詩中無明文可考。唯〈遣興三首〉曰：「客子念故宅，三年門巷空」，（故宅，指東都之宅，驗本詩可知）仇定此詩作於乾元元年，上數三年，則初離故宅時為天寶十四載。此明與〈橋陵詩〉所紀不合；十三載，已自長安移家奉先，不得十四載始離東都至長安也。今定〈遣興〉作於至德二載，則作詩時距本年（天寶十三載），適為三年，與〈橋陵詩〉無牴牾矣。又據〈橋陵詩〉，既知自長安移家至奉先，在天寶十三載秋後，再參以「三年門巷空」之句，則知公眷屬自東都至長安，必在天寶十三載正月以後，十月以前。

〈秋雨嘆〉（盧編在天寶十三載）曰：「長安布衣誰與數，反鎖衡門守環堵」，又曰「稚子無憂走風雨」（疑指宗文）知是年秋，公已置宅長安，妻子亦俱至也。〈夏日李公見訪〉（舊但云天寶末作，茲定為天寶十三載）曰：「貧居類村塢，僻近城南樓」，曰：「孰謂吾廬幽」，知是年夏公有宅在長安也。詩中暗示，止於此際。移家長安，疑在天寶十三載之春。〈遣興〉又云「昔在洛陽時，親友相追攀。送客東郊道，邀遊宿南山」，知迎眷來京之役，公實親任之。然本年詩中，不言歸東都事，蓋偶然失紀耳。考前此數年詩文中曰：「賣藥都市，寄食朋友」，（〈進三大禮賦表〉）曰：「垂老獨漂萍」，（〈贈張四學士〉）曰：「此身飲罷無歸處」，（〈樂遊園歌〉）曰：「寄食於人，奔走不暇」，（〈進雕賦表〉）曰：「恐懼棄捐忍羈旅」，（〈白絲行〉）曰：「臥病長安旅次」，（〈秋述〉）皆言長安無家也，而十載在杜位宅守歲，十一載將歸東都，〈留別二學士〉詩曰：「欲整還鄉旆」，尤為前此未移家長安之明證。然〈遊何將軍山林〉曰：「盡捲書籍賣，來問爾東家」，〈重過何氏〉曰：「何日沾微祿，歸山買薄田」，已萌置宅城南之念矣；（《通志》：「少陵原乃樊川北原，自司馬村起，至何將軍山林而盡⋯⋯在杜城之東，韋曲之西」。）〈贈鄭諫議〉曰：「築居仙縹緲，旅食歲崢嶸」，唯其有築居之心而力不足，故有此嘆；〈曲江三首〉曰：「杜曲幸有桑麻田，故將移住南山邊」，則移居之決心，已明白表示矣。此皆十一二載之詩，足證其時移家之心雖切，然猶未能見諸事實。至〈夏日李公見訪〉，始有「貧

居類村塢，僻近城南樓」及「孰謂吾廬幽」之語。〈橋陵詩〉曰：『轗軻辭下杜』；下杜，即李公見訪之處也。《長安志》云：下杜城在長安縣一十五里，此曰「僻近城南樓」，正與下杜城之方位合，其證一也。〈李公見訪〉詩又云：「展席俯長流」，則杜陵之樊鄉有樊川，潏水自樊川西北流，經下杜城，趙曰「展席俯長流」，即當此地，其證二也。又〈九日五首〉曰：「故里樊川菊」，〈哀江頭〉原注曰：「甫家居在城南」，與赴奉先前所居之處，及李公旦訪之處皆合，故知公之自稱「杜陵野老」，實因嘗居其地，非徒循族望之舊稱也。因田梁丘投詩河西節度使哥舒翰。唐制，從軍歲久者，得為大郡。公交遊中如高適、岑參輩，皆以不得志於中朝，乃走絕塞，投戎幕，以為進身之階。是時武人握重兵，位極功高，威名震中外者，哥舒翰、安祿山耳。翰為人尤權奇倜儻，已然諾，縱蒱好酒，有任俠風；又能甄用才俊，並世文士，如嚴武、高適、呂諲、蕭昕，皆辟置幕下，委之軍務。自李林甫死，楊國忠當國，公仍不見用，再三獻賦，復不蒙省錄。至是遂欲依翰，故因翰判官田梁丘投詩以示意，又別為詩贈田，乞為夤緣。〈投贈哥舒開府翰二十韻〉云：「防身一長劍，將欲倚崆峒」，此投詩之主旨也。〈贈田判官〉詩云：「陳留阮瑀爭誰長，京兆田郎早見招，麾下賴君才並美，獨能無意向漁樵？」仇注：「阮瑀指高適，適本封丘尉，與陳留相近，他章云『好在阮元瑜』可證。高之入幕，必由田君所薦，故云早見招而幕下賴之。留意漁樵，公仍望其汲引也。」陳廷敬曰：「考

〈王思禮傳〉，天寶十三載，吐谷渾蘇毗王款塞，明皇詔翰應接。舊注以此當降王款朝，（按〈贈田〉詩中有此語）是也。其謂報命而入朝，此意料之詞，不見確據。考〈帝紀〉及〈翰傳〉，天寶十三載無翰入朝事。是年，翰遘風疾，因入京，廢疾於家。田蓋以使事入奏，當在翰未疾之先，非隨翰入朝也。公所投詩，當是一時作，或即因田而投贈於翰也。」多按：《舊唐書·方伎·金梁鳳傳》：「天寶十三載，客於河西……時因哥舒翰為節度使，詔入京師。」陳謂天寶十三載無翰入朝事，未確。其云公因田投詩於翰，則是也。歲中，張垍自盧溪召還，再遷為太常卿，公復上詩求助。〈贈張卿〉詩：「萍泛無休日，桃陰想舊蹊，吹噓人所羨，騰躍事仍暌……顧深慚鍛鍊，才小辱提攜。」朱注：「垍必嘗薦公而不達，故有吹噓提攜等句。」多按前此（約當天寶九載）嘗贈張詩，張之薦公，當在其時。前詩云「儻憶山陽會」，此詩亦云「桃陰想舊蹊」；張必公之舊交。此詩又曰「幾時陪羽獵，應指釣璜溪」，是仍望其汲引也。又〈進雕賦〉，表中詞益哀激。仇注：「表中云自七歲綴筆，向四十年，其年次又在〈進三大禮賦〉後，應是天寶十三載所作。」又云：「公三上賦而朝廷不用，故復托雕鳥以寄意。」秋後，淫雨害稼，物價暴貴，公生計益艱。本年春日作〈醉時歌〉曰：「杜陵野客人更嗤，被褐短窄鬢如絲。日糴太倉五升米……得錢即相覓，沽酒不復疑。」然此特醉中作歌，一時豪語耳。〈進封西嶽賦表〉云：「退嘗困於衣食」，〈進雕賦表〉云：「衣不蓋體，嘗寄食於人，奔走

不暇」，則庶幾近實。〈示從孫濟〉云：「所來為宗族，亦不為盤
飧。小人利口實，薄俗難具論。勿受外嫌猜，同姓古所敦」，似
是乏食之際，屢從濟就食，因見猜疑，而有此作，其事可笑，
其情尤悲。〈秋雨嘆〉云：「城中斗米換衾裯」，就食於濟，蓋即
在其時。遂攜家往奉先，館於廨舍。〈橋陵詩〉：「轗軻辭下杜，
飄颻凌濁涇。諸生舊短褐，旅泛一浮萍。荒歲兒女瘦，暮途涕
泗零。主人念老馬，廨署容秋螢。流寓理豈愜？窮愁醉不醒。」
按曰：「荒歲兒女瘦」，明此行攜家與俱。公妻子已於本年至奉
先，故明年得自京赴奉先就妻子也。

天寶十四載乙未（西元七五五年）

十一月，安祿山反，陷河北諸郡；郭子儀為朔方副節度使。
十二月，東京陷，哥舒翰為兵馬副元帥，守潼關；高適拜左拾
遺，轉監察御史。王昌齡為閭丘曉所殺。

公四十四歲。在長安。歲中往白水縣，今陝西關中道白水
縣，唐屬左馮翊同州。省舅氏崔十九翁。時崔為白水尉。九
月，同崔至奉先。公夫人楊氏。〈九日楊奉先會白水崔明府〉之
楊奉先，疑即其內家之為奉先令者。公自去秋移家來奉先，即
依此人。公與楊若非親近，則妻子豈得寄寓於廨署？十月，歸
長安，授河西尉，不拜，〈夔府詠懷〉：「昔罷河西尉，初興薊
北師。」河西縣故城在今雲南河西縣境。改右衛率府冑曹參軍。
〈官定後戲贈〉：「不作河西尉，淒涼為折腰。老夫怕趨走，率
府且逍遙。耽酒須微祿，狂歌托聖朝。故山歸興盡，回首向風

颶。」公辭尉就率府，取其逍遙，得以飲酒狂歌耳。然亦不得已，故有回首故山之慨。〈去矣行〉：「野人曠蕩無䣃顏，豈可久在王侯間？未試囊中餐玉法，明朝且入藍田山。」蓋既得官後，又未嘗一日不思去也。十一月，又赴奉先探妻子，作〈自京赴奉先詠懷五百字〉。歲暮，喪幼子。見〈詠懷五百字〉。

▌天寶十五載即至德元載丙申（西元七五六年）

正月，安祿山僭號於東京；李光弼為河東節度副大使。六月，哥舒翰戰敗於靈寶西，祿山陷潼關。玄宗奔蜀，出延秋門，次馬嵬，陳玄禮殺楊國忠，貴妃自縊。祿山陷京師。七月，上傳位於太子（起居舍人知制誥賈至撰冊），改元。李泌至靈武。回紇吐蕃請助國討賊。八月，安祿山取長安樂工犀象詣洛陽，宴其群臣於凝碧池。十月，房琯為招討節度使，與賊戰於陳陶斜，敗績。永王璘反，率兵東下，引李白為僚佐。十二月，高適為淮南節度使，討永王璘。是年，岑參領伊西北庭度支副使。郎士元、皇甫冉登進士第。

公四十五歲。歲初在長安。有〈蘇端薛復筵簡薛華醉歌〉及〈晦日尋崔戢李封〉詩。五月，至奉先避難，攜家往白水，寄居舅氏崔少府高齋。〈白水崔少府十九翁高齋三十韻〉曰：「客從南縣來……況當朱炎赫。」錢箋：「《寰宇記》『蒲城縣，本漢重泉縣地，後魏分白水縣，置南白水縣，以在白水之南為名，廢帝三年改為蒲城，開元中改為奉先』。公從奉先來，循其舊名，故曰『南』。」詩又曰：「高齋坐林杪，信宿遊衍闃……始知賢主

人，贈此遣愁寂。」六月，又自白水，取道華原，〈三川觀水漲二十韻〉：「我經華原來」，三川縣屬鄜州。赴鄜州。今陝西榆林道鄜縣。至三川縣同家窪，寓故人孫宰家。〈元和郡縣志〉：「同州白水縣，漢彭衙縣地。」各注謂彭衙屬鄜州，非也。公〈彭衙行〉曰：「憶昔避賊初，北走經險艱。夜深彭衙道，月照白水山」，蓋述初發白水時情景也。同家窪則途中所經地，故人孫宰居焉，因留其家。〈彭衙行〉述此行避亂之顛末甚悉，曰：「……盡室久徒步，逢人多厚顏。參差穀鳥吟，不見遊子還。痴女飢咬我，啼畏虎狼聞。懷中掩其口，反側聲愈嗔。小兒強解事，故索苦李餐。（以上敘初發白水，途中兒女顛連之苦。）一旬半雷雨，泥濘相攀牽。既無御雨備，徑滑衣又寒。有時經契闊，竟日數里間。野果充餱糧，卑枝成屋椽。早行石上水，暮宿天邊煙。（以上敘雨後行賽，困頓流離之狀。）小留同家窪，欲出蘆子關。故人有孫宰，高義薄曾雲。延客已曛黑，張燈啟重門。暖湯濯我足，剪紙招我魂。從此出妻孥，相視涕闌干。眾雛爛熳睡，喚起沾盤飧──『誓將與夫子，永結為弟兄』！遂空所坐堂，安居奉我歡。」（以上敘孫宰晉接及周恤之情誼。）又〈三川觀水漲二十韻〉所紀亦同時事，詩曰：「我經華原來，不復見平陸，北上唯土山，（按《元和郡縣志》：「土門山在華原縣東南四里。」）連天走窮谷。火雲出無時，飛電常在目。自多窮岫雨，行潦相豗蹙。蓊匌川氣黃，群流會空曲。清晨望高浪，忽謂陰崖踣──恐泥竄蛟龍，登危聚麋鹿，枯查卷拔樹，

礧硊共充塞，聲吹鬼神下，勢閱人代速……」按前詩言途中苦雨，此亦言多雨而致川漲，所指宜即一事。聞肅宗即位靈武，即留妻子於三川，後有〈述懷〉詩曰：「寄書問三川，不知家在否。」子身從蘆子關奔行在所。途中為賊所得，遂至長安。九月，於長安路隅遇宗室子弟，乞捨身為奴，感慟作〈哀王孫〉。

▌至德二載丁酉（西元七五七年）

二月，肅宗幸鳳翔。永王璘敗，李白亡走彭澤，坐繫潯陽獄。九月，收西京。十月，尹子奇久圍睢陽，城陷，張巡、許遠死之。收東京，肅宗自鳳翔還長安。蘇源明知制誥。十二月，上皇自蜀至，居興慶宮。大封蜀郡靈武扈從功臣；陷賊官六等定罪，鄭虔、王維、儲光羲、盧象、李華等皆貶官。是年劉長卿為鄂岳觀察使，因吳仲孺誣奏，貶南巴尉。高適下除太子少詹事，歸東都。嚴維、顧況登進士第。

公四十六歲。春陷賊中，在長安，時從贊公蘇端遊。贊公，大雲經寺僧，嘗以青絲履白氎巾贈公。〈雨過蘇端〉：「杖藜入春泥，無食起我早。諸家憶所歷，一飯跡便掃，蘇侯得數過，歡喜每傾倒。」又曰：「況蒙霑澤垂，糧粒或自保。」可知陷賊之際，公衣食頗仰給於此二人也。同年三月作〈喜晴〉曰：「春夏各有實，我飢豈無涯？」〈送程錄事還鄉〉曰：「內愧突不黔，庶羞以賙給。」四月，自金光門出，間道竄歸鳳翔，後有詩題「至德二載，甫自京金光門出，間道歸鳳翔；乾元初，從左拾遺移華州掾，與親故別，因出此門，有悲往事」。詩曰：「此道昔歸順，西

郊胡騎繁。至今猶破膽，應有未招魂。」〈自京竄至鳳翔喜達行
在所〉：「生還今日事，間道暫時人」，述途中之危險也；又曰：「影
靜千官裡，心蘇七校前」，志歸後之歡欣也。〈述懷〉：「今夏草
木長，脫身得西走，麻鞋見天子，衣袖露兩肘」，即史所謂「羸
服竄歸」者也。五月十六日，拜左拾遺。錢箋：「甫拜拾遺，在
至德二載五月十六日，命中書侍郎張鎬齎符告諭，今湖廣岳州
府平江縣裔孫杜富家，尚藏此敕。敕用黃紙，高廣可四尺，字
大二寸許，年月有御寶，寶方五寸許。」按敕文載林侗《來齋金
石考略》稱：「襄陽杜甫（云云）。」白居易為左拾遺時賦詩曰：「歲
愧俸錢三十萬。」是月，房琯得罪，公抗疏救之，肅宗怒，詔三
司推問，張鎬、韋陟等救之，仍放就列。本傳：「甫與房琯為布
衣交。琯以客董庭蘭罷宰相。甫上疏言罪細，不宜免大臣。帝
怒，詔三司推問。宰相張鎬救之，得解。」公〈祭房公文〉曰：
「拾遺補闕，視君所履。公初罷印，人實切齒。甫也備位此官，
蓋薄劣耳，見時危急，敢愛生死？君何不聞，刑欲加焉？伏奏
無成，終身愧恥。」集中又有〈謝敕放三司推問狀〉，文繁不錄。
又〈壯遊〉曰：「備員竊補袞，憂憤心飛揚。上感九廟焚，下
憫萬民瘡。斯時伏青蒲，廷諍守御床。君辱敢愛死，赫怒幸無
傷。」〈秋日荊南述懷三十韻〉曰：「遲暮宮臣忝，艱危袞職陪，
揚鑣隨日馭，折檻出雲臺。罪戾寬猶活，干戈塞未回。」〈建都
十二韻〉曰：「牽裾恨不死，漏網辱殊恩。」並指此事。按《唐書·
韋陟傳》，陟亦嘗奏公言不失諫臣體，帝由是疏之。則當時論救

者，不獨一張鎬矣。六月，同裴薦等四人薦岑參，〈為補遺薦岑參狀〉一首今載集中。閏八月，墨制放還鄜州省家。〈北征〉：「皇帝二載秋，閏八月初吉，（按朔日也）杜子行北征，蒼茫問家室。……顧慚私恩被，詔許歸蓬蓽，拜辭詣闕下，怵惕久未出。……」於是徒步出鳳翔，至邠州始從李嗣業借得乘馬。見〈徒步歸行〉。歸家，臥病數日。〈北征〉「老夫情懷惡，嘔泄臥數日」。作〈北征〉。十一月，自鄜州至京師。〈收京三首〉仇注曰：「此當是至德二載十月，在鄜州時作。詩云：『生意甘衰白，天涯正寂寥。忽聞哀痛詔，又下聖明朝』，此明是在家聞詔。按肅宗於至德元年七月十三日甲子即位靈武，制書大赦；二年十月十九日，帝還京；十月二十八日壬申，御丹鳳樓下制，前後兩次聞詔，故雲『又下』也。是時公尚在鄜州，其至京當在十一月。《年譜》謂十月扈從還京，與詩不合。當以公詩為正。至於上皇回京，十二月甲寅之赦，又在其後，舊注錯引。」

乾元元年戊戌（西元七五八年）

正月，劉長卿攝海鹽令。春，賈至出為汝州刺史。四月，上親享九廟。六月，貶房琯為邠州刺史，下制數其罪，劉秩、嚴武等俱貶。七月，高適出為彭州刺史。是年，李白流夜郎。蘇端登進士第。

公四十七歲。任左拾遺。春，賈至、王維、岑參皆在諫省，時賈、王並為中書舍人，岑為右補闕。時共酬唱。《寄賈至嚴武五十韻》述居諫省時生活最詳，曰：「月分梁漢米，春給水

衡錢。內藥繁於纈，官莎軟勝綿。恩榮同拜手，出入最隨肩。晚著華堂醉，寒重繡被眠。彎齊兼秉燭，書枉滿懷箋。」時畢曜亦在京師，居公之鄰舍。〈偪側行贈畢四曜〉：「我居巷南子巷北，可憐鄰里間，十日不一見顏色。」（鶴注：此當是乾元元年春在諫院作，故詩中有朝天語）。〈贈畢四曜〉：「同調嗟誰惜，論文笑自知。」（鶴注：「乾元二年，公在秦州，有賀畢曜除監察御史詩，今云宦卑，是尚未遷官時作，當在乾元元年。」）四月，上親享九廟，公得陪祀。〈往在〉：「前春禮郊廟，祀事親聖躬。微軀忝近臣，景從陪群公。登階捧玉冊，峨冕聆金鐘。侍祠恧先路，掖垣邇濯龍。」仇曰：「唐史肅宗還京，在至德二年十月，其親享九廟及祀圜丘，在乾元元年四月。鶴注謂『前年春』疑誤。」六月，房琯因賀蘭進明譖，貶為邠州刺史；公坐琯黨，出為華州司功參軍。客歲四月，自京出金光門，間道竄歸鳳翔，至本年六月，即因譖左遷，仍出此門，撫今思昔，感慨賦詩，詩曰「移官豈至尊」，指賀蘭進明也。到華州後一月，有〈早秋苦熱堆案相仍〉詩曰：「七月六日苦炎蒸，對食暫餐還不能。常愁夜來皆是蠍，況乃秋後轉多蠅。束帶髮狂欲大叫，簿書何急來相仍！」王嗣奭曰：「州牧姓郭，公初至，即代為試進士策問，與進滅絕寇狀，不過挾長官而委以筆札之役，非重其才也。公厚於情誼，雖邂逅一飲，必賦詩以致感佩之私。……郭與周旋一載，公無隻字及之，其人可知矣。」是秋，嘗至藍田縣訪崔興宗、王維。藍田距華州八十里，縣東南有藍田山，又

名玉山，一名東山，崔興宗、王維別墅並在焉，（即輞川別墅，王維〈輞川別業〉：「不到東山向一年。」）公〈九日藍田崔氏莊〉，黃鶴編在乾元元年。又有〈崔氏東山草堂〉，與前詩同時作，詩云：「何為西莊王給事，柴門空閉鎖松筠？」給事即王維也。維晚年得宋之問輞川別墅，在張通儒囚禁之後，其復拜給事中，在乾元元年，明年則轉尚書右丞矣。詩曰「柴門空鎖」，是未遇維也。故後〈解悶十二首〉云「不見高人王右丞，藍田丘壑蔓寒藤」。時裴迪應亦在藍田，不知與公相見否。冬末，以事歸東都陸渾莊，嘗遇孟雲卿於湖城縣城東。初遇雲卿不知在何時，有詩題曰「冬末以事之東都，湖城東遇孟雲卿，復歸劉顥宅宿，宴飲散，因為醉歌」。鶴注云：「當是乾元元年冬，自華州遊東都作。」詩云：「疾風吹塵暗河縣，行子隔手不相見，湖城城東一開眼，駐馬偶識雲卿面。……」

▌乾元二年己亥（西元七五九年）

岑參自右補闕轉起居舍人，尋署虢州長史。王維轉尚書右丞。李白至巫山，遇赦釋還。權德輿生。

公四十八歲。春，自東都歸華州，途中作「三吏」、「三別」六首。時屬關輔饑饉。遂以七月棄官西去，度隴，赴秦州。按《舊唐書》：「乾元二年四月癸亥，以久旱徙市雩祭祈雨」，《通鑑》：「時天下饑饉，九節度圍鄴城，諸軍乏食，人思自潰」，此與公詩〈夏日嘆〉正合。《唐書》本傳：「甫為華州司功，屬關輔饑，棄官客秦州。」蓋是時東都殘毀，既不可歸，長安繁侈，

又難自存,(在秦州〈寄高岑三十韻〉:「無錢居帝里,盡室在邊疆。」唯秦州得雨,秋禾有收。)〈遣興三首〉:「耕田秋雨足,禾黍以映道」,〈赤谷西崦人家〉「徑轉山田熟」,〈雨晴〉「久雨不妨農」,因攜家徙居焉。至秦,居東柯谷。《通志》:「東柯谷,在秦州東南五十里,杜甫有祠於此。」宋栗亭令王知彰記云:「工部棄官,寓東柯谷姪佐之居。」趙傁曰:「《天水圖經》載秦州隴城縣,有杜工部故居,及其姪佐草堂,在東柯谷之南,麥積山瑞應寺上。」按公以七月至秦州,十月赴同谷,此所記皆因暫寓而言之耳。〈秦州雜詩〉:「傳道東柯谷,深藏數十家,對門藤蓋瓦,映竹水穿沙。瘦地偏宜粟,陽坡可種瓜」,又曰:「東柯好崖谷,不與眾峰群,落日邀雙鳥,晴天卷片雲」—— 東柯景物,見於公詩者,略如此。是時,有〈夢李白二首〉、〈天末懷李白〉、〈寄李白二十韻〉。李白被罪,在謫戍中。又有寄高適、岑參、賈志、嚴武、鄭虔、畢曜、薛據及張彪詩。時贊公亦謫居秦州,〈宿贊公土室〉:「數奇謫關塞」,〈宿贊公房〉:「放逐寧違性」,〈別贊上人〉:「贊公釋門老,放逐來上國」;趙仿曰:「贊公亦房相之客,時被謫秦州,公故與之款曲如此。」按史稱房琯好談佛老,趙說是也。嘗為公盛言西枝村之勝,因作計卜居。置草堂,未成,會同谷宰來書言同谷可居,遂以十月,赴同谷。〈寄贊上人〉:「近聞西枝西,有谷杉黍稠。亭午頗和暖,石田又足收。……徘徊虎穴上,面勢龍泓頭。」盧註:「西枝西曰『有谷』,定指同谷,『近聞』,必指同谷邑宰書。公〈至同谷

界〉:『邑有賢主人,來書語絕妙』,此可相證。〈同谷七歌〉云:『南有龍兮在山湫』,後〈發同谷〉詩云:『停驂龍潭雲,回首虎崖石。』詩云虎穴龍泓,指此無疑。」按公既居東柯,其地有山水之勝,瓜粟之饒,嘗思終老矣,故〈秦州雜詩〉曰:「東柯遂疏懶,休鑷鬢毛斑」,曰:「採藥吾將老,兒童未遣聞」,曰:「為報鴛行舊,鷦鷯在一枝。」然此一時之感想也。〈秦州雜詩〉開章便云:「滿目悲生事,因人作遠遊」;(此指姪佐也。〈示姪佐〉原注「佐草堂在東柯谷」;佐居東柯,公來秦可依者唯此人,故亦居東柯。)〈佐還山後寄三首〉曰:「舊諳疏懶叔,須汝故相攜」;〈示姪佐〉曰:「自聞茅屋趣,只想竹林眠」;又嘗索佐寄米寄薤(〈佐還山後寄三首〉:「白露黃粱熟……頗覺寄來遲」,「甚聞霜薤白,重惠意如何?」);又有〈阮隱居致薤三十束〉詩。此皆可證是時生計,仍仰給於人,則秦州之居終非長久計矣。〈發秦州〉一篇,於公去東柯就同谷之理由,言之綦詳;詩曰:「我衰更懶拙,生事不自謀。無食問樂土,無衣思南州。漢源十月交,天氣如涼秋。草木未黃落,況聞山水幽。栗亭(栗亭鎮,屬成州同谷縣)名更嘉,下有良田疇。充腸多山藥,崖蜜亦易求。密竹復冬筍,清池可方舟。雖傷旅寓遠,庶遂平生遊。(按此上言同谷之當居)此邦俯要衝,實恐人事稠。應接非本性,登臨未銷憂。溪谷無異石,塞田始微收。豈復慰老夫,惘然難久留。」(按此上言秦州之當去。)途經赤谷、鐵堂峽、鹽井、寒峽、法鏡寺、青陽峽、龍門鎮、石龕、積草嶺、泥功山、鳳凰

臺，皆有詩。至同谷，居栗亭。錢謙益曰：「《寰宇記》：同谷
縣有栗亭鎮。咸通中，刺史趙鴻刻石同谷，曰：『工部題栗亭十
韻，不復見。』鴻詩曰『杜甫〈栗亭詩〉，詩人多在口。悠悠二
甲子，題記今何有』？」多按：鴻又有〈杜甫同谷茅茨詩〉，咸通
十四年作；曰：「工部棲遲後，鄰家大半無。青羌迷道路，白社
寄盃盂……」貧益甚，拾橡栗掘黃獨以自給，〈同谷七歌〉：「歲
拾橡栗隨狙公，天寒日暮山谷裡。」《新唐書》本傳：「甫客秦
州，負薪採橡栗自給」，以同谷為秦州，誤也。〈七歌〉第二章：
「長鑱長鑱白木柄，我生托子以為命。黃獨無苗山雪盛，短衣數
挽不掩脛。此時與子空歸來，男呻女吟四壁靜。」寫當時貧況，
尤慘絕。居不逾月，又赴成都。〈發同谷縣〉：「始來茲山中，
休駕喜地僻。奈何迫物累，一歲四行役！」始以為可休駕矣，乃
生計之迫益甚，故不得不去之也。以十二月一日就道，〈發同谷
縣〉原注：「乾元二年十二月一日自隴右赴成都紀行。」經木皮
嶺、白沙渡、飛仙閣、五盤嶺、龍門閣、石櫃閣、桔柏渡、劍
門、鹿頭山，歲終至成都，〈成都府〉：「初月出不高，眾星尚爭
光」，蓋當下弦矣。寓居浣花溪寺。〈酬高使君相贈〉：「古寺僧
牢落，空房客寓居。」〈成都記〉：「草堂寺在府西七里，極宏麗，
僧復空居其中，與杜員外居處偪近。」趙清獻〈玉壘記〉：「公寓
沙門復空所居。」按明年有〈贈蜀僧閭丘師兄〉詩，不知即其人
否。時高適方刺彭州，公甫到成都，適即寄詩問訊。〈酬高使君
相贈〉：「故人供祿米，鄰舍與園蔬。」《杜臆》以為故人指裴冕，

恐非是。後有〈卜居〉詩云：「主人為卜林塘幽」，黃鶴、鮑欽止等亦皆以為是裴冕，顧宸曰：「裴若為公結廬，則詩題當標『冀公』，而詩中亦不當以主人卜林塘一句輕敘矣。」按顧說是也。史稱裴冕無學術，又貪嗜貨利，其人鄙陋，恐非能知公者。後又有〈寄裴施州〉詩，朱鶴齡已證其別為一人。則公與裴始終未嘗發生關係也。此後〈江村〉詩云：「但有故人供祿米」，〈狂夫〉云：「厚祿故人書斷絕，恆飢稚子色淒涼」，當與前是一人，其姓氏則不可考耳。或以為即高適，未聞其審。

▌上元元年庚子（西元七六〇年）

高力士配流巫州。高適改蜀州刺史。元結撰《篋中集》。

公四十九歲。在成都。春卜居西郭之浣花里，《寰宇記》：「浣花溪，在成都西郭外，屬犀浦縣。」表弟王十五司馬遺貨營造，徐卿疑即知道。蕭實、何邕、韋班應物姪。三明府供果木栽，開歲始事，〈寄題江外草堂〉：「經營上元始。」季春落成。〈堂成〉：「頻來語燕定新巢」，按〈寄題江外草堂〉：「誅茅初一畝，廣地方連延。……敢謀土木麗，自覺面勢堅。亭臺隨高下，敞豁當清川。」〈絕句漫興九首〉：「野老牆低還是家」，此草堂結構之大概也。〈送韋郎司直歸成都〉原注：「余草堂在成都西郭」；〈絕句三首〉：「茅堂石筍西」（石筍街在成都西門外）；〈西郊〉：「時出碧雞坊，西郊向草堂」，〈堂成〉：「背郭堂成蔭白茅」，〈遣悶呈嚴二十韻〉：「南江繞舍東」，〈卜居〉：「浣花流水水西頭」，〈狂夫〉：「萬里橋西一草堂」，〈懷錦水居止〉：「萬里橋南

宅」，〈遣悶呈嚴二十韻〉：「西嶺紆村北」，〈懷錦水居止〉：「雪嶺界天白」，〈懷錦水居止〉又日：「百花潭北莊」，〈狂夫〉：「百花潭水即滄浪」。據此則草堂背成都郭，在西郊碧雞坊石筍街外，萬里橋南，百花潭北，浣花溪西，而北望則可見西嶺也。陸游云：「少陵有二草堂，一在萬里橋西，一在浣花，皆見於詩中。」按公實無二草堂，放翁在蜀久，顧不辨此，何哉？宋京〈草堂詩〉云：「野僧作屋號『草堂』，不是柴門舊時處。」放翁必以野僧所營者誤為公之草堂矣。時韋偃寓居蜀中，嘗為公畫壁，見〈題壁上韋偃畫馬歌〉。又有〈戲題王宰畫山水圖歌〉，梁氏亦編在上元元年成都詩內。然玩詩意，當是公見宰此圖而作歌，圖非公所有也。〈戲為韋偃雙松圖歌〉亦此類。初秋，暫遊新津，晤裴迪，〈和裴迪登新津寺寄王侍御〉鶴注：「此必公暫如新津，與裴同至寺中，故有此作。當在上元元年。蜀至成都才數百里，故可唱和也。」多按，詩云「吟詩秋葉黃，蟬聲集古寺」，則是作於初秋，然〈贈閭丘師兄〉、〈泛溪〉、〈南鄰〉、〈野老〉諸詩皆作於成都，而時序與〈和裴〉詩略同，知公在新津未嘗久留也。秋晚，至蜀州，晤高適。〈奉簡高三十五使君〉：「行色秋將晚，交情老更親。天涯喜相見，披豁對吾真」，仇日：「高由彭州刺蜀州，公時在蜀；《年譜》云：『上元元年，間常至蜀州之青城新津』是也」。冬，復在成都。〈建都〉、〈村夜〉以下諸詩可證。

上元二年辛丑（西元七六一年）

二月，崔光遠代李若幽為成都。三月，段子璋反於東川，陷綿州，東川節度使李奐奔成都。五月，崔光遠擒子璋，牙將花驚定恃功大掠。十二月，嚴武為成都尹。是年，王維卒。

公五十歲。居草堂。開歲又往新津，二月歸成都。〈題新津北橋樓〉、〈遊修覺寺〉，朱氏並編在上元二年，前詩云：「望極春城上」，後詩云：「吾得及春遊」，知本年春，公又在新津。然〈漫成二首〉曰：「江皋已仲春」，〈春水生二絕〉曰：「二月六夜春水生」，〈絕句漫興九首〉曰：「二月已破三月來」，〈春水〉曰：「三月秋花浪」，〈江亭〉曰：「寂寂春將晚」，並〈寒食〉首皆成都詩，舊皆編在上元二年。故知公再遊新津，必在是年二月前，其返成都，則至遲在二月初也。秋至青城，〈野望因過常少仙〉：「秋望轉悠哉，竹覆青城合。……」草堂本編在上元二年。旋又歸成都。鶴注〈石犀行〉：「上元二年秋八月，灌口損戶口，故作是詩。」（石犀在成都府城南三十五里。）又〈楠樹為風雨所拔嘆〉，及〈茅屋為秋風所破歌〉草堂本並編在上元二年成都詩內。是時多病，〈一室〉：「巴蜀來多病。」生計艱窘，〈百憂集行〉：「強將笑語供主人，悲見生涯百憂集。入門依舊四壁空，老妻笑我顏色同。痴兒不知父子禮，叫怒索飯啼門東。」鶴據詩中：「只今倏忽已五十」句，定為上元二年所作。同時作〈茅屋為秋風所破歌〉、〈赴青城縣出成都寄陶王二少尹〉、〈重簡王明府〉、〈一室〉、〈病柏〉、〈病橘〉、〈枯棕〉、〈枯楠〉諸詩，

意緒並同，皆客寓窮愁之感，知是時公生計又頗艱也。〈百憂集行〉：「強將笑語供主人」句，黃鶴以為指崔光遠，史云光遠無學仕氣，宜與公不相合也。始有遷地吳楚之念。〈一室〉：「巴蜀來多病，荊蠻去幾年？應同王粲宅，留井峴山前。」〈逢唐興劉主簿弟〉：「輕舟下吳會，主簿意如何？」蓋欲約劉東下，故問之。冬，高適至成都，嘗同王掄過草堂會飲。有詩題「王十七侍御掄許攜酒至草堂，奉寄此詩，便請邀高三十五使君同到」。後又有〈王竟攜酒高亦同過〉詩。

▌代宗寶應元年壬寅（西元七六二年）

四月，玄宗肅宗相繼崩，代宗即位。七月，嚴武召還，高適為成都尹；徐知道反，以兵守劍閣，武不得出。八月，知道為其下所殺。是年，李白卒，李陽冰編白集。郎士元補渭南尉。

公五十一歲。自春至夏，居草堂。與嚴武唱和甚密，武時有饋贈。見〈謝嚴中丞送青城道乳酒〉及〈嚴公仲夏枉駕兼攜酒饌〉等詩。七月，送嚴武還朝，以舟至綿州，抵奉濟驛，登陸，遂分手而還。〈奉濟驛重送嚴公四韻〉，郭知達本注：「奉濟驛在綿州三十里。」會徐知道反，道阻，乃入梓州。〈戲題寄上漢中王三首〉原注：「時王在梓州……」詩云：「群盜無歸路，衰顏會遠方。」蓋將赴梓州時作也。〈從事行〉：「我行入東川，（東川節度使治所在梓州）十步一回首，成都亂罷氣蕭索，浣花草堂亦何有？」秋末，回成都迎家至梓，仇曰：「《年譜》謂寶應秋末，公回成都迎妻子。遍考詩中，無一語記及，知公未嘗回

成都矣。」多按：〈寄題江外草堂〉黃鶴編在廣德元年。李泰伯雲公在梓州，懷思草堂而作是詩。詩曰：「偶棄老妻去，慘澹凌風煙」，似指徐知道亂後，攜家出成都事。然則公實嘗回成都取家矣。仇又據〈舍弟占歸草堂檢校〉詩：「熟知江路近，頻為草堂回」之句，以為迎家至梓，必弟占代任其事。不知「頻為草堂回」，乃公囑弟之語，意甚明，與迎家至梓事何涉？又按明年〈九日〉詩云：「去年登高郪縣北」，郪縣，梓州治也。九日登高於縣北，則赴成都迎妻子，必在重九後，《譜》云秋末赴成都，蓋有據也。然頗有東遊之意。〈奉贈射洪李四丈〉：「東征下月峽，掛席窮海島。萬里須十金，妻孥未相保。」十一月，往射洪縣，〈野望〉：「仲冬風日始淒淒」，又曰：「射洪春酒寒仍綠」，知至射洪時正十一月也。到金華山玉京觀，尋陳子昂讀書堂遺跡，〈冬到金華山觀因得陳公學堂遺跡〉：「陳公讀書堂，石柱仄青苔。悲風為我起，激烈傷雄才。」按李杜韓柳皆推重子昂（見李陽冰〈太白集序〉，韓愈〈送孟東野〉序及〈薦士〉詩，柳宗元〈楊評士文集序〉），而公傾心尤甚。在綿州時〈送梓州李使君之任〉詩云：「遇害陳公殞，於今蜀道憐。君行射洪縣，為我一潸然。」〈陳拾遺故宅〉云：「位下曷足傷，所貴者聖賢。有才繼騷雅，哲匠不比肩。公生揚馬後，名與日月懸。……終古立忠義，〈感遇〉有遺篇。」他人但稱其文字復古之功，公獨兼頌其人格之偉大，可以占其懷抱矣。又訪縣北東武山子昂故宅。〈陳拾遺故宅〉：「拾遺平昔居，大屋尚修椽。悠揚荒山日，慘澹故

園煙。」又：「彥昭超玉價，郭震起通泉。到今素壁滑，灑翰銀鉤連。」蓋趙彥昭、郭元振題壁尚在也。旋復南之通泉縣，訪郭元振故居，於慶善寺觀薛稷書畫壁。鶴注〈過郭代公故宅〉：「郭公，魏州貴鄉人，宅在京師宜陽里。今云故宅，當是尉通泉時所居。」〈觀薛稷少保書畫壁〉云：「畫藏青蓮界，書入金榜懸。仰看垂露姿，不崩亦不騫，鬱鬱三大字，蛟龍岌相纏。又揮西方變，發地扶屋椽。慘澹壁飛動，到今色未填。」《輿地紀勝》：「薛稷書『慧普寺』三字，徑三尺許，在通泉縣慶善寺聚古堂。」米芾《海岳名言》：「薛稷書『慧普寺』，老杜以為『蛟龍岌相纏』。今見其本，乃如奈重兒握蒸餅勢，信老杜不能書也。」又曰：「老杜作薛稷『慧普寺』詩云『鬱鬱三大字，蛟龍岌相纏』。今有石本，得視之，乃是勾勒，倒收筆鋒，筆筆如蒸餅。『普』字如人佝兩拳，伸臂而立，醜怪難狀。」趙曰：「稷書『慧普寺』三字乃真書，傍有贔屭纏捧，此其『蛟龍岌相纏』也。稷所畫西方變相則亡。」張遠注：「『發地扶屋椽』謂西方之像起自地面，直至屋椽。」又於縣署壁後觀稷所畫鶴。見〈通泉縣署壁後薛少保畫鶴〉詩。《名畫錄》：「又蜀郡亦有（稷）鶴並佛像菩薩等，傳於世，並稱神品。」

廣德元年癸卯（西元七六三年）

歲初，岑參自虢州長史入為太子中允。夏，章彝守梓州。八月，房琯卒。秋後，高適禦吐蕃無功。十月，吐蕃陷長安，代宗幸陝州。是年，元結除道州刺史。耿湋登進士第。

公五十二歲。正月，在梓州，聞官軍收河南河北，便欲還東都，俄而復思東下吳楚。〈春日梓州登樓二首〉：「厭蜀交遊冷，思吳勝事繁。應須理舟楫，長嘯下荊門。」仇曰：「蓋恐北歸未能，轉作東遊之想也。」按〈春晚有雙燕〉詩曰：「今秋天地在，吾亦離殊方」，亦指東遊而言也。間嘗至閬州，因遊牛頭、兜率、惠義諸寺。既歸梓，又因送辛員外，至綿州。仇注〈巴西驛亭觀江漲呈竇使君二首〉曰：「寶應元年夏，公送嚴武至綿州。廣德元年春，公在梓州，有〈惠義寺送辛員外〉詩，中云『細草殘花』，蓋春候也，末云『宜到綿州』，蓋重至綿州矣。此詩末章言春暮，正其時也。今依黃鶴編在廣德元年春綿州作。黃謂《年譜》脫漏是也。」多按：自惠義寺送辛員外同至綿州，寺在郪縣北，而郪縣即梓州治，則是歸梓州後，再至綿州也。自綿歸梓，〈涪城縣香積寺官閣〉：「寺下春江」，〈涪江泛舟送韋班歸京〉：「傷春一水間」，與前綿州詩節候同。涪城在梓州西北五十五里，綿州又在涪州西北，故知至綿州後，嘗歸梓州，蓋涪城為自綿歸梓必經之地也。又往漢州。《舊唐書·房琯傳》：「寶應二年（即廣德元年）四月，拜特進刑部尚書」，公〈陪王漢州留杜綿州泛房公西湖〉云「舊相追思後」，〈得房公池鵝〉云：「為報籠隨王右軍」（以房公在途次也），朱云二詩「俱及房公赴召，則廣德元年春，公嘗至漢州矣。舊《譜》不書，略也。」仇曰：「今按《唐書》謂召琯在寶應二年之夏……恐誤也。據此詩，春末蓋已赴召矣。」夏，返梓州。時章彝為刺史，公〈陪章

留後侍御宴南樓〉曰：「絕域長夏晚」，又曰：「屢食將軍第，仍
騎御史驄。」知夏日，公復在梓也。初秋，復別梓赴閬。九月，
祭房琯。琯以八月卒於閬州，公祭文題九月致祭。秋盡，得家
書知女病，因急歸梓。〈客舊館〉舊次在廣德元年梓州詩內，詩
有「初秋別此亭」及「寒砧昨夜聲」之句。仇曰「《年譜》謂秋往
閬州，冬晚復回梓州。據此詩，則是初秋別梓，秋盡復回也。」
多按：仇說是矣，〈發閬州〉曰：「女病妻憂歸意急，秋花錦石
誰能數？別家三月一書來，避地何時免愁苦！」別家三月，與初
秋別梓，秋盡復回，時期正合。十一月，將出峽為吳楚之遊。
〈將適吳楚留別章使君留後兼幕府諸公〉，鶴編在廣德元年十一
月，云是代宗未還京時作，故詩云：「重見衣冠走」，「黃屋今
安否。」按公蓄念出峽，見於詩者，始自上元二年之秋。自是
吟詠所及數見不鮮。至本年春作〈雙燕〉曰：「今秋天地在，吾
亦離殊方。」同時〈知歌行送祁錄事歸合州因寄蘇使君〉曰：
「君今起柂春江流，余亦沙邊具小舟。幸為達書賢府主，江花未
盡會江樓。」江花，荷花也。秋晚自閬州歸，作〈客舊館〉曰：
「無由出江漢，愁緒日冥冥」，則行期已屆，猶不果就道，因而
興嘆也。本年冬作〈桃竹杖引〉曰：「老夫復欲東南征，乘濤鼓
枻白帝城」，則行期雖誤而東行之念，猶無時或忘也。至是而
親朋饋賄，行資已備，（〈留別章使君〉曰：「相逢半新故，取
別隨薄厚。」）且已賦詩取別，則居然啟程有日矣。王嗣奭曰：
「章留後，所為多不法，而待杜特厚。公詩屢諫不悛，想託詞避
去，乃保身之哲，不欲以數取疏也。不然，有此地主，不必去

蜀，又何以別去，而終不去蜀耶？後章將入朝，公寄詩云『江漢垂綸』，則公客閬州，去梓不遠。」多按：公蓄念出蜀，三年於茲（〈草堂〉：「賤子且奔走，三年望東吳」），躊躇至是，始果成行，想行旅所資，出於章留後之助居多。其所以卒抵閬而返者，則以嚴武回蜀故，初非始念所及也。謂公之於章，屢諫不悛，頗懷失望，則有之。若曰詭詞去蜀，意在避章，誣公甚矣。後至閬州作〈遊子〉曰：「巴蜀愁誰語，吳門興杳然」，知公東遊之行，非虛飾矣。矧其時方有功曹之補徒因欲下峽，遂不赴召，則其立意之堅決，尚有何可疑？於是命弟占歸成都檢校草堂，公之來蜀，四弟唯占與俱。自客歲移家至梓，離草堂且一年矣，至是始命占往檢校，臨行示詩曰：「久客應吾道，相隨獨爾來。熟知江路近，頻為草堂回。鵝鴨宜長數，柴荊莫浪開；東林竹影薄，臘月更須栽。」其意蓋終當歸住草堂，故命弟頻往檢點，使勿就蕪廢。前此有〈寄題江外草堂〉詩；又有句云：「為問南溪竹，抽梢合過牆？」（送〈韋郎司直歸成都〉，原注：「余草堂在成都西郭。」）又云：「我有浣花竹，題詩須一行」（〈送竇九歸成都〉），後此歸至草堂有詩云：「不忍竟舍此，復來薙榛蕪。」知此數年間，東西奔突，實無一日忘懷於草堂也。

▌廣德二年甲辰（西元七六四年）

　　二月，嚴武再鎮蜀。章彝罷梓州刺史東川留後，將入朝，嚴武因事殺之。三月，高適召還，為刑部侍郎，轉左散騎常侍。九月，嚴武破吐蕃，拔當狗城；十一月，收吐蕃鹽井城。

是年，鄭虔、蘇源明相繼卒。蘇渙登進士第。

公五十三歲。春首，自梓州挈家東首出峽，先至閬州，後有自閬州攜家卻赴成都詩。公自成都移家至梓，在寶應元年。其自梓移閬在何時，不見於詩。去秋因女病歸家，時妻子猶在梓州。其來閬州當在本年春，意者此時作計出峽，必攜家同行也。弟占獨留在蜀，則〈命占檢校草堂〉詩可證。會朝廷召補京兆功曹參軍，以行程既定，不赴召。〈別馬巴州〉原注：「時甫除京兆功曹，在東川。」《杜律演義》：「此必作於廣德元年以後，蓋不赴功曹之補，將東遊荊楚，而寄別巴州也。」仇曰：「本傳謂召補功曹，不至，在上元二年。王洙因之而誤。蔡興宗《年譜》編此詩在廣德元年，亦尚未確。廣德二年〈奉侍嚴大夫〉詩云：『欲辭巴徼啼鶯合，遠下荊門去鷁催。』此詩云：『扁舟繫纜沙邊久，獨把釣竿終遠去。』兩詩互證，知同為二年所作矣。《杜臆》謂欲適楚以嚴武將至，故不果行，此說得之。」二月，且離閬東去，聞嚴武將再鎮蜀，大喜，遂改計卻赴成都，〈自閬卻赴蜀山行〉云：「不成向南國，復作遊西川。」〈奉侍嚴大夫〉云：「殊方又喜故人來，重鎮還須濟世才。常怪偏裨終日待，不知旌節隔年回。欲辭巴徼啼鶯合，遠下荊門去鷁催。身老時危思會面，一生襟抱向誰開！」〈歸成都途中〉云：「得歸茅屋赴成都，直為文翁再剖符。」按自嚴武去蜀，公遽失所依，往來梓閬，徬徨久之，將欲出峽，則「孤矢暗江海，難為五湖遊」（見〈草堂〉）將欲留居，則武夫暴厲，常有失身杯酒之虞。（見〈將

適吳楚留別章留後〉）今聞嚴武再鎮巴蜀，得重依故人，還居草堂，得非日暮窮途，意外之喜？故〈卻赴蜀山詩〉（第三首）極言征途苦中之樂，〈侍嚴大夫〉詩敘嚴武之還，〈途中寄嚴〉詩預擬歸來情事，亦皆喜溢詞表，而既歸草堂作詩，歷數「舊犬喜我來」，「鄰里喜我歸」，「大官喜我來」，「城郭喜我來」，則直是樂不可支矣。三月，歸成都。〈春歸〉有「輕燕受風斜」語，黃鶴編在本年三月。六月，嚴武表為節度參謀，檢校工部員外郎，賜緋魚袋。見《新唐書》本傳，《舊唐書》作上二年冬，誤。〈客堂〉曰：「臺郎選才俊，自顧亦已極」，又曰：「上公有記者，累奏資薄祿」，即指此。秋，居幕中，頗不樂，因上詩嚴武述胸臆，〈遣悶呈嚴公二十韻〉作於是年，詩曰：「分曹失異同」，謂與僚輩不合也；又曰：「曉入朱扉啟，昏歸畫角終。不成尋別業，未敢息微躬」，謂禮數拘束，疲於奔走也。按周必大《益公詩話》：「韓退之〈上張僕射書〉云：『使院故事，晨入夜歸，非有疾病事故，輒不許出。抑而行之，必發狂疾。』乃知唐藩鎮之屬，皆晨入昏歸，亦自少暇。如牛僧孺待杜牧，固不以常禮也。」遂得乞假暫歸草堂。〈到村〉以下，多草堂詩，仇注〈到村〉曰：「此乞假而暫到村也。舊注謂是廣德二年秋作，明年正月，遂辭幕歸村矣。」今案上詩後乃準此假，想當然耳。是時，曹霸在成都，公作〈丹青引〉贈之。黃鶴定〈韋諷宅曹將軍畫馬圖歌〉、〈送韋諷上閬州錄事參軍〉兩詩為廣德二年作，此詩宜與同時。弟穎往齊州，〈送舍弟穎赴齊州〉三首，鶴定為

廣德二年秋成都作，詩曰：「兩弟亦山東」，仇曰：「兩弟謂豐與觀。」多按：大曆元年有詩題曰：「第五弟豐獨在江左，近三四載寂無消息……」詩曰：「亂後嗟吾在」，又曰：「十年朝夕淚」，是豐自天寶亂後，至大曆元年，流落江左，凡十年矣。豐既在江左，則本年詩云「兩弟亦山東」者，豐必不與。詩蓋言穎赴齊後，並觀為兩弟在山東耳。大曆二年〈元日示宗武〉仍云：「不見江東弟，高歌淚數行」，（原注：「第五弟漂泊在江左，近無消息。」）而同時又有〈遠懷舍弟穎觀等〉詩，云：「陽翟空知處，荊南近得書」，以穎、觀並提，知二人本同在一地，後乃分離，一往陽翟，一至荊南耳。此亦可作在山東者為穎與觀之旁證。穎之初來成都在何時，詩中不載。唯去年冬〈命占檢校草堂〉詩云：「相隨獨爾來」，明其時穎尚未至。穎之至成都必在本年無疑，送穎詩又曰：「諸姑今海畔。」考公〈范陽盧氏墓志〉，審言之女，薛氏所出者，適魏上瑜、裴榮期、盧正均，皆前卒，盧氏所出者，一適京兆王佑，一適會稽賀撝。此云在海畔，必賀氏姑也。歲晚，因事寄詩賈至。〈別唐十五誠因寄禮部賈侍郎〉，舊編在廣德二年，以賈轉禮部在是年，又知東都選也。張遠注曰：「時唐十五必往東都赴舉，公故寄詩為之先容也。」是年，與嚴武唱和最密。

▌永泰元年乙巳（西元七六五年）

正月，高適卒。四月，嚴武卒。五月，郭英乂為成都尹。九月，吐蕃回紇入寇。十月，回紇受盟而還。郭英乂為兵馬使

崔旰所殺，邛州牙將柏茂琳、瀘州楊子琳、劍南李昌夔皆起兵討旰，蜀中大亂。是年，韋應物授京兆功曹，遷洛陽丞。令狐楚生。

公五十四歲。正月三日，辭幕府，歸浣花溪。見〈正月三日歸溪上有作簡院內諸公〉。自春徂夏，居草堂。黃庭堅〈題杜子美浣花醉圖〉摹寫公此時之生活，最精妙，詩曰：「拾遺流落錦官城，故人作尹眼為青。碧雞坊西作茅屋，百花潭水濯冠纓。故衣未補新衣綻，空蟠胸中書萬卷。探道欲度羲黃前，論詩未覺《國風》遠。干戈崢嶸暗寓縣，杜陵韋曲無雞犬。老妻稚子且眼前，弟妹飄零不相見。此公樂易真可人，園翁溪友肯卜鄰。鄰家有酒皆邀去，得意魚鳥來相親。浣花酒舡散車騎，野牆無主看桃李。宗文守家宗武扶，落日寨驢馱醉起。願聞脫冠脫兜鍪，老儒不用千戶侯。中原未得平安報，醉裡眉攢萬國愁。……」五月，攜家離草堂南下，〈去蜀〉曰：「如何關塞阻，轉作瀟湘遊」，則此行欲往湖南也。去歲，自梓州東下，其目的地亦係湖南，〈桃竹杖引〉及〈留別章梓州〉詩可證。至嘉州，有〈青溪驛奉懷張之緒〉詩，驛在嘉州。〈狂歌行贈四兄〉曰：「今年思我來嘉州」，知先至嘉州因四兄之召也；詩又曰：「女拜弟妻男拜弟」，知妻子同行也。六月，至戎州。〈宴戎州楊使君東樓〉云：「輕紅劈荔枝」，當是其年六月作。黃鶴曰：「黃山谷〈在戎州食荔枝〉詩云：『六月連山柘枝紅』，可知荔枝熟於六月也。」多按：明年〈解悶十二首〉曰：「憶過瀘戎摘荔枝，青楓隱映石逶迤」，即指此役。曰青楓，是在秋前也。自戎至渝州，

候嚴六侍御，不到，先下峽。有詩題如此。入秋，至忠州，〈禹廟〉云：「秋風落日斜」，忠州臨江縣南有禹祠（見《方輿勝覽》），知至忠時已入秋。居龍興寺院。時有〈宴忠州使君姪宅〉詩，而〈題忠州龍興寺所居院壁〉曰：「空看過客淚，莫覓主人恩。」仇曰：「使君必失於周旋，故有客淚主恩之慨。」按陸游有〈遊龍興寺弔少陵寓居〉詩，原注曰：「寺門外江聲甚壯。」九月，至雲安縣，有〈雲安九日鄭十八攜酒陪諸公宴〉詩。因病，遂留居雲安，〈別常征君〉云：「臥病一秋強。」顧注：「永泰元年，自秋徂冬，公在雲安，故雲『臥病一秋強』。」多按：〈移居夔州作〉：「伏枕雲安縣」，〈客堂〉「棲泊雲安縣，消中內相毒。舊疾廿載來，衰年得無足」，〈別蔡十四著作〉：「巴道此相逢，會我病江濱」，〈贈鄭十八賁〉：「水陸迷畏途，藥餌駐修軫」，〈客居〉：「我在路中央，生理不得論。臥愁病腳廢……」〈十二月一日三首〉：「肺病幾時朝日邊」，「茂陵著書消渴長」——此皆可證留居雲安，因病故也。〈杜鵑〉：「值我病經年」，〈峽中覽物〉：「舟中得病移衾枕，洞口經春長薜蘿」，〈寄薛三郎中璩〉：「峽中一臥病，瘧癘經冬春，春復加肺病，此病蓋有因。早歲與蘇鄭，痛飲情相親」——此可證明春猶未平復，不但「一秋強」也，又知得病之因，乃以早歲痛飲故耳。又合觀前後諸詩，知病症有瘧癘，有咳嗽（「病肺」），又因久病而腳廢。館於嚴明府之水閣。仇注〈水閣朝霽簡雲安嚴明府〉：「時公居嚴之水閣，故作詩以贈之。」多按：〈贈鄭十八賁〉曰：「數杯資好事，異味煩縣尹」，縣尹即嚴。既留居水閣，又為致異味，知嚴款待之殷，

故〈簡嚴〉詩云：「晚交嚴明府」，喜交友之得人也。又按水閣之形勝，考之詩中，亦有足徵者：〈水閣朝霽簡嚴〉詩曰：「東城抱春岑，江閣鄰石面」，〈客居〉曰：「客居所居堂，前江後山根。下塹萬尋岸，蒼濤鬱飛翻。蔥青眾木梢，邪豎雜石痕」，〈子規〉曰：「峽裡雲安縣，江樓翼瓦齊。兩邊山木合，終日子規啼」，〈十二月一日三首〉曰：「日滿樓前江霧黃」，是也。

大曆元年丙午（西元七六六年）

二月，杜鴻漸為東西川副元帥。秋後，柏茂琳為夔州都督。是年，岑參為嘉州刺史。竇叔向登進士第。薛據、孟雲卿並在荊州。盧綸自鄱陽還京師約當此年。

公五十五歲。春，在雲安。時岑參方為嘉州刺史，寄詩贈之。自乾元元年公與參同官兩省，至大曆元年，才九年，而詩云：「不見故人十年餘」，此公誤記耳。據杜確〈岑參集序〉，參自庫部郎中出為嘉州刺史，杜鴻漸表為職方郎中，兼侍御史，列於幕府，無幾使罷，寓居於蜀。鴻漸以本年二月為東西川副元帥。公詩〈題寄岑嘉州〉，原注曰：「州據蜀江外」，則必作於二月以前。詩云：「泊船秋夜始春草」，明指去年秋抵雲安，至本年春，尚留居其地。詩作於大曆元年春，蓋無疑矣。春晚，移居夔州。〈移居夔州作〉曰：「伏枕雲安縣，遷居白帝城。」此詩又曰：「春知催柳別」，〈船下夔州郭別王十二〉曰：「風起春燈亂」，而〈客堂〉詩，諸家亦繫於本年，詩曰：「巴鶯粉未稀，微麥早向熟。……漠漠春辭木」，知公移居夔州，時在春晚矣。

初寓山中「客堂」。〈客堂〉:「舍舟復深山,窅窕一林麓」,〈催宗文樹雞柵〉:「喧呼山腰宅」,知堂在山中。〈貽華陽柳少府〉:「俱客古信州(按即夔州),結廬依毀垣。相去四五里,徑微山葉繁。」又嘗於牆東樹雞柵,堂下種萵苣,想其制必甚陋。〈雨二首〉云:「殊俗狀巢居」,〈贈李十五丈別〉云:「峽人鳥獸居,其室附層巔。」元稹〈通州〉詩云:「平地才應一頃餘,閣欄都大似巢居」,自注:「巴人都在山陂架木為居,自號『閣欄頭』」,公今所居,即此類歟?秋日,移寓西閣。〈中宵〉:「西閣百尋餘,中宵步綺疏」,〈西閣雨望〉:「滂沱朱檻溼,萬慮倚簷楹」,〈秋興八首〉:「山樓粉堞隱悲笳」,〈夜宿西閣呈元二十一曹長〉:「稍通綃幕霽」;綺疏綃幕,朱檻粉堞,與前居之客堂,迥不侔矣。〈不離西閣三首〉:「江雲飄素練,石壁斷空青。滄海先迎日,銀河倒列星」,則又特饒景物之勝,故詩又曰:「平生耽勝事,籲駭始初經。」蓋題曰「不離西閣」者,不忍離也。仇從《杜臆》云有厭居西閣意,大謬。集中凡題「西閣」諸詩,所記物候,咸屬秋冬,知秋始來居此。同時詩中又有「草閣」之名,一稱「江邊閣」,《杜臆》以為別是一處。以〈解悶十二首〉「草閣柴扉星散居」,及《暮春》「沙上草閣柳新暗」之句證之,或然。秋後,柏茂琳為夔州都督,公頗蒙資助。〈峽口二首〉原注:「主人柏中丞,頻分月俸。」柏中丞,或誤以為柏貞節,辯詳王遹俊《博議》。明年夏,有〈園官送菜〉及〈園人送瓜〉詩,皆茂琳所致者。是年,多追憶舊遊之作。

大曆二年丁未（西元七六七年）

皇甫冉遷右補闕。

公五十六歲。在夔州。春，自西閣移居赤甲。〈赤甲〉：「卜居赤甲遷居新，兩見巫山楚水春」；〈入宅三首〉：「客居愧遷次，春色漸多添。花亞欲移竹，鳥窺新捲簾」，又曰「亂後居難定，春歸客未還」，知移赤甲在春。三月，遷居瀼西草屋。去年冬作〈瀼西寒望〉曰「瞿塘春欲至，定卜瀼西居」，是居瀼西之意，自去冬始也。〈小園〉曰「客病留因藥，春深買為花」，是春深時始買宅，與〈暮春題瀼西新賃草屋五首〉，及〈卜居〉「春耕破瀼西，桃紅客若至」之句合也。〈柴門〉曰「約身不願奢，茅棟蓋一床」，〈夔府詠懷一百韻〉曰「茅齋八九椽」，曰「縛柴門窄窄」，〈暇日小園散病〉曰「及乎歸茅宇」，〈課豎子斫果林枝蔓〉曰「病枕依茅棟」──知是草屋也。〈上後園山腳〉曰「小園背高岡」，〈柴門〉曰「石亂上雲氣，杉清延日華」，〈課伐木〉曰「舍西崖嶠壯，雷雨蔚含蓄」，〈夔府詠懷一百韻〉曰「陣圖沙北岸，市暨瀼西巔。（原注：峽人目市井泊船處曰「市暨」，江水橫通山谷處，方人謂之「瀼」。）……墊抵公畦稜，村依野廟壖，缺籬將棘拒，倒石賴藤纏」，〈課小豎斫果木枝蔓〉曰「籬弱門何向，沙虛岸隻摧」，〈小園〉曰「秋庭風落果，瀼岸雨頹沙」，〈課伐木序〉曰「夔人屋壁列樹白菊，鑷為牆，實以竹，示式遏，為與虎近」──宅周事物，無遠近巨細，悉可考也。附宅有果園四十畝，明年出峽，以瀼西果園四十畝贈「南卿兄」，又有詩題

117

「課小豎鋤斫舍北果林枝蔓荒穢淨訖移床三首」，又有〈阻雨不得歸瀼西甘林〉詩。曰「果園」，曰「果林」，曰「甘林」，實即一處。果林在舍北，而〈阻雨不得歸甘林〉曰「欲歸瀼西宅，阻此江浦深」，則甘林亦在舍傍也。仇曰：「公瀼西詩，有『果園』，有『甘林』。果園四十畝，他日所舉以贈人者。甘林則為治生計，所云『客居暫封殖』者。《杜臆》謂朝行所視之園樹，專指果園，於甘林無豫，故云『丹橘黃甘此地無』。今按『此地無』，正言柑橘之獨盛。篇中『林香』、『出實』二語，明說丹橘矣。豈可云甘林在果園之外乎？大抵分而言之，則甘林另為一區，合而言之，甘林包在果園之內。蓋四十畝中，自兼有諸果也。」多按〈夔府詠懷一百韻〉曰：「色好梨勝頰，穰多栗過拳」，則仇云兼有諸果，是矣。蔬圃數畝。〈小園散病將種秋菜督勒耕牛兼書觸目〉：「深耕種數畝，未甚後四鄰，嘉蔬既不一，名數頗具陳」，〈驅豎子摘蒼耳〉：「畦丁告勞苦，無以供日夕。」此公有蔬圃之證。詩中屢言「小園」，悉指此也。蔬圃曰小園，對四十畝果園之大者而言之。又按〈夔府詠懷〉「紫收岷嶺芋，白種陸池蓮」，〈秋野五首〉：「棗熟從人打，葵荒欲自鋤」，「風落收松子，天寒割蜜房」——總此所紀，並柑橘梨栗，蔬圃所產，及東屯之稻，則公生計之裕，蓋無逾於此際矣。又有稻田若干頃，在江北之東屯。〈行宮張望補稻畦水歸〉曰「東屯大江北，百頃平若案。六月青稻多，千畦碧泉亂。」又有詩題曰「秋，行宮張望督促東渚（按即東屯）耗稻，向畢，青晨遣女奴阿稽豎子

阿段往問。」〈自瀼西移居東屯〉曰「白鹽危嶠北，赤甲古城東。平地一川穩，高山四面同。煙霜淒野日，秔稻熟天風。」按前詩云「百頃平若案」，〈茅堂檢校收稻二首〉云「平田百頃間」，〈夔州歌十首〉亦云「東屯稻畦一百頃」，皆通東屯之田而言，百頃非盡公所有也。據《困學紀聞》，東屯之田，公孫述所開以積穀養兵者，故公〈東屯夜月〉曰「防邊舊谷屯」。《輿地紀勝》云「東屯稻米為蜀第一」，故公〈孟冬〉詩有「嘗稻雪翻匙」之句。弟觀自京師來。有詩題曰「得舍弟觀書，自中都（按即長安）已達江陵，今茲暮春月合到夔州……」又有〈喜觀即到題短篇二首〉。後有〈送弟觀歸藍田迎婦〉詩，知觀果到夔也。秋，因獲稻暫住東屯。〈自瀼西荊扉且移居東屯茅屋四首〉曰：「東屯復瀼西，一種住青溪。來往皆茅屋，淹留為稻畦。市喧宜近利，（按指瀼西，他章「市暨瀼西巔」可證）林僻此無蹊。若訪衰翁語，須令剩客迷。」〈向夕〉：「畎畝孤城外，江村亂水中」，又曰「雞棲草屋同」，即指此處。于栗〈東屯少陵故居記〉曰：「峽中多高山峻谷，地少平曠。東屯距白帝五里而近。稻田水畦，延袤百頃，前帶清溪，後枕崇岡，樹林蔥茜，氣象深秀，稱高人逸士之居。」陸游〈高齋記〉：「東屯，李氏居已數世，上距少陵，才三易主，大曆初故券猶在。」白巽〈東屯行〉：「雨足稻畦春水滿，插秧未半青短短。馬塵追逐下關頭，北望東屯轉三坂。一川洗盡峽中想，遠浦疏林分氣象。溝塍漫漫堰源低，灘瀨泠泠石磯響。中田築場亦有廬，翠飛夏屋何渠渠。李氏之子今地主，少

陵祠堂疑故居。」原注:「東屯有青苗坡」,案即公〈夔州歌〉「北有澗水通青苗」也。何宇度《談資》,「工部草堂,在城東十餘里,尚有遺址可尋,止有一碑,存數字題『〈重修東屯草堂記〉』,似是元物。」適吳司法自忠州來,因以瀼西草堂借吳居之。見〈簡吳郎司法〉,詩曰:「卻為姻婭過逢地」,知吳乃公之姻婭也。又曰:「江帆颯颯亂帆秋」,同時有〈又呈吳郎〉云「堂前撲棗任西鄰」,知吳到夔,約在八月也。是時,始復動東遊荊湘之意。〈舍弟觀歸藍田迎新婦送示二首〉:「滿峽重江水,開帆八月舟。此時同一醉,應在仲宣樓。」期以八月會弟於江陵也。同時有〈峽隘〉詩,則遠想江陵之勝,計期弟觀且到,因恨出峽之不早也。〈秋日寄題鄭審湖上亭三首〉:「舍舟因卜地,鄰接意如何?」鄭時在夷陵,欲往與結鄰而居也。〈昔遊〉:「杖藜望清秋,有興入盧霍」,〈雨〉:「宿留洞庭秋,天寒瀟湘素。杖策可入舟,送此齒髮暮」,皆欲及秋東遊也。〈秋清〉:「十月江平穩,輕舟進所如」,八月之行不果,期以十月也。〈夜雨〉:「天寒出巫峽,醉別仲宣樓」;〈更題〉:「只應踏初雪,騎馬發荊州」,秋不果行,期以冬候也。〈白帝城樓〉:「夷陵春色起,漸擬放扁舟」,冬又不果行,更待之來年也。十月十九日,於夔州別駕元持宅觀李十二娘舞「劍器」。見〈觀公孫大娘弟子舞劍器行〉。本年仍復多病;秋,左耳始聾。見〈耳聾〉、〈復陰〉及〈獨坐二首〉。

大曆三年戊申（西元七六八年）

秋，李之芳卒。十月，李勉拜廣州刺史。是年，岑參罷官東歸，道阻，淹滯戎州。李筌進《太白陰經》。韓愈生。

公五十七歲。正月中旬，去夔出峽。〈續得觀書迎就當陽居止正月中旬定出三峽〉：「自汝到荊府，書來數喚吾。」當陽縣屬荊州。臨去，以瀼西果園贈「南卿兄」。有詩題略如此。陸游〈野飯〉詩自注：「杜氏家譜，謂子美下峽，留一子守浣花舊業，其後避亂成都，徙眉州大埡，或徙大蓬云。」按留子不見於詩，不足信。三月，至江陵。時衛伯玉為節度使，杜位在幕中。李之芳、鄭審並在江陵，數從遊宴。夏日，暫如外邑。〈水宿遣興奉呈群公〉：「小江還積浪」，曰「行舟卻向西」，曰「異縣驚虛往」，知是外邑。留江陵數月，頗不得意。〈水宿遣興奉呈群公〉：「童稚頻書札，盤飧詎糁藜？我行何至此，物理直難齊！」又曰「餘波期救涸，費日苦輕齎。杖策門闌邃，肩輿羽翮低，自傷甘賤役，誰愍強幽棲！」〈秋日荊南述懷三十韻〉：「苦搖求食尾，常曝報恩鰓。結舌防讒柄，探腸有禍胎。蒼茫步兵哭，展轉仲宣哀。饑藉家家米，愁征處處杯。休為貧士嘆，任受眾人咍。」〈舟出江陵南浦奉寄鄭少尹審〉：「棲托難高臥，饑寒迫向隅。寂寥相呴沫，浩蕩報恩珠。」〈移居公安敬贈衛大郎〉：「交態遭輕薄。」〈久客〉：「羈旅知交態，淹留見俗情，衰顏聊自哂，小吏最相輕。」意者地主失於周旋耳。盧元昌曰：「公在江陵，至小吏相輕，吾道窮矣。於顏少府曰『不易得』（按見

〈醉歌行〉），於衛大郎亦日『不易得』（按見〈移居公安敬贈衛大郎〉），志幸，亦志慨也。」多按：衛大郎，名鈞，伯玉之子。鈞之於公，能以禮遇，則詩中所指，恐非伯玉。前詩云「異縣驚虛往」；忤公者，豈外邑之主人歟？秋末，移居公安縣，〈移居公安山館〉云「北風天正寒」，此既至公安後作也。〈移居公安敬贈衛大郎〉有「秋露接園葵」之句。衛在江陵，詩蓋作於將發江陵之時。故定為秋末移居。遇顧誠著，〈醉歌行贈公安顏十少府請顧八題壁〉：「君不見東吳顧文學，君不見西漢杜陵老，詩家筆勢君不嫌，詞翰升堂為君掃。」李晉肅，晉肅，李賀之父，即韓愈所為作〈辯諱〉者。〈公安送李入蜀〉詩稱二十九弟，李必公之姻婭。及僧太易。見〈留別公安太易沙門〉詩。太易又善司空曙，贈有〈司空拾遺〉詩。留憩公安數月。〈曉發公安〉原注：「數月憩息此縣。」陸游〈入蜀記〉日：「公〈移居公安〉詩，『水煙通徑草，秋露接園葵』，而〈留別公安太易沙門〉詩『沙村白雪仍含凍，江縣紅梅已放春』，則以是秋至此，暮冬始去。其日『數月憩息』，蓋謂此也。」盧元昌日：「是時公安有警，故於〈山館〉有『世亂敢求安』句，後〈曉發〉則日『鄰雞野哭如昨日』，〈發劉郎浦〉則日『岸上空村盡豺虎』，此章（按即〈移居公安贈衛大郎〉）『入邑豺狼鬥』，必有所指矣。」歲晏，至岳州。〈別董頲〉：「漢陽頗寧靜，峴首試考槃」，與〈公安送李晉肅〉題中「余下沔鄂」語吻合，送李詩云「正解柴桑纜」，蓋將由沔鄂下柴桑也。然而所至乃岳州，柴桑之行蓋不遂耳。黃生日：「柴桑在

江州。前詩云『江州涕不禁』，公豈有弟客此，而欲訪之耶？又詩『九江春色外，三峽暮帆前』，知公久有此興，或此行終不果耳。」多按：大曆二年〈又示兩兒〉詩曰：「長葛書難得，江州涕不禁。團圓思弟妹，行坐白頭吟。」仇云：「前有送弟往齊州詩，長葛與齊州相近，故知長葛指弟。〈七歌〉云『有妹在鐘離』，江州與鐘離相近，故知江州指妹。」此可證黃說之訛。

大曆四年己酉（西元七六九年）

二月，韋之晉自衡州刺史，遷潭州。是年，杜鴻漸卒。李益、冷朝陽並登進士第。

公五十八歲。正月，自岳州至南嶽遊道林二寺，觀宋之問題壁。〈嶽麓山道林二寺行〉：「宋公（原注：宋之問）放逐曾題壁，物色分留待老夫。」入洞庭湖；〈過南嶽入洞庭〉：「春生力更無。」宿青草湖；又宿白沙驛；過湘陰，謁湘夫人祠。更溯流而上，以二月初抵鑿石浦，湘潭縣西。宿之。又過津口，次空靈岸。湘潭縣西一百六十里。宿花石戍，次晚州。在湘潭。三月，抵潭州。〈清明二首〉：「此身飄泊苦西東，右臂偏枯半耳聾。寂寂繫舟雙下淚，悠悠伏枕左書空。」老病窮途，心緒可知也。發潭州，次白馬潭，入喬口，原注：「長沙北界。」至銅官渚，阻風。發銅官，宿新康江口，〈北風〉原注：「新康江口信宿方行」，次雙楓浦，遂抵衡州。〈上水遣懷〉：「但遇新少年，少逢舊親友……後生血氣豪，舉動見老醜。窮迫挫曩懷，常如中風走。」仇曰：「公初入蜀則曰『故人供祿米』，在梓閬則曰『窮途仗友生』，再還蜀

則曰『客身逢故舊』，初到夔則曰『親故時相問』。至此則親朋絕少，旅況益艱，故篇中多抑鬱悲傷之語。」按公至湖南，必欲依韋之晉，及其既至，而韋旋卒。公晚節命途之舛，至於此極！之晉以本年二月受命自衡州刺史改潭州。公到潭時，之晉或猶未行，故有〈奉送韋中丞之晉赴湖南〉詩，在衡州送韋之潭也。四月，之晉卒，公有詩哭之，詞極哀痛。夏，畏熱，復回潭州。仇曰：「是年有〈發潭州〉及〈發白馬潭〉詩，乃春日自潭往衡岳也。又據韋迢〈早發湘潭寄杜員外〉詩云『湘潭一葉黃』，知秋深復在潭州矣。觀公〈樓上〉詩『身事五湖南』，『終是老湘潭』，皆可證。」晤張建封。〈別張十三建封〉「相逢長沙亭」。時蘇渙旅居江側，忽一日，訪公於舟中，公請渙誦詩，大賞異之。遂訂交焉。見〈蘇大侍御訪江浦賦八韻記異〉詩並序，又有〈又枉裴道州手札率爾遣興寄蘇渙侍御〉詩云「傾壺簫管動白髮（按此公自謂），舞劍霜雪吹青春（此謂蘇），宴筵曾語蘇季子，後來傑出雲孫比。茅齋定王城郭門，藥物楚老漁商市，市北肩輿每聯袂，郭南抱甕亦隱几。」盧注：「蘇卜齋定王郭門，公賣藥魚商市上。蘇訪公於市北，則肩輿頻至，公訪蘇於郭南，則隱几蕭然。此敘彼此往來之誼也。」終歲在潭州。

‖ 大曆五年庚戌（西元七七〇年）

四月，湖南兵馬使臧玠殺其團練使崔瓘，楊子琳、陽濟、裴虯各出兵討玠，子琳取賂而還。是年，李端登進士第。李公佐生。

公五十九歲。春，在潭州。正月二十一日，檢故帙，得高適上元二年人日見寄詩，因追酬一首，寄示漢中王瑀及敬超先。序曰「自枉詩，已十餘年，莫記存歿，又十餘年矣。老病懷舊，生意可知。今海內忘形故人，獨漢中王瑀與昭州敬使君超先在，愛而不見，情見乎辭。」暮春，逢李龜年。《明皇雜錄》：「龜年……後流落江南，每遇良辰勝景，常為人歌數闋，座上聞之，莫不掩泣罷酒。」《雲溪友議》：「李龜年奔江潭，曾於湖南採訪使筵上唱『紅豆生南國，秋來發幾枝。贈公多採摘，此物最相思』，又云『清風明月苦相思，蕩子從戎十載余。徵人去日殷勤囑，歸雁來時數附書』，此詞皆王維所作也。」四月，避亂入衡州，〈入衡州〉曰「銷魂避飛鏑，累足穿豺狼。隱忍枳棘刺，遷延胝胼瘡。遠歸兒侍側，猶乳女在傍。久客幸脫免，暮年慚激昂。蕭條向水陸，汨沒隨漁商。」〈逃難〉云「五十頭白翁，南北逃兵難。疏布纏枯骨，奔走苦不暖。」〈舟中苦熱遣懷〉云「中夜混黎甿，脫身亦奔竄……恥以風疾辭，胡然泊湘岸？入舟雖苦熱，垢膩可漑灌。」欲往郴州依舅氏崔偉，時崔攝郴州。本年春，有〈奉送二十三舅錄事之攝郴州〉詩曰：「氣春江上別」，〈入衡州〉曰：「諸舅剖符近，開緘書札光。頻繁命屢及，磊落字百行（言崔見招也）。江總外家養（感舅德也），謝安乘興長（將赴郴也）。……柴荊寄樂土（將居郴也）……」因至耒陽，時屬江漲，泊方田驛，半旬不得食，聶令馳書為致牛炙白酒。〈呈聶〉詩題曰「聶耒陽以僕阻水，書致酒肉，療飢

荒江。詩得代懷，興盡本韻，至縣呈聶令。陸路去方田驛四十里，舟行一日。時屬江漲，泊於方田。」詩曰：「耒陽馳尺素，見訪荒江渺。……知我礙湍濤，半旬獲浩蕩。孤舟增鬱鬱，僻路殊悄悄。……禮過宰肥羊，愁當置清醥。」案世傳飫死之說，不實，辯詳見後。唯公阻水缺食之期間，詩明言『半旬』，而諸書或曰涉旬（《明皇雜錄》）或曰旬日（《新唐書》），或曰旬餘（鶴譜），皆不根之談，此亦不可不辯也。鶴曰「郴州與耒陽，皆在衡州東南。衡至郴，四百餘里，郴水入衡。公初欲往郴依舅氏，卒不遂，其至方田也，蓋溯郴水而上，故詩云『方行郴岸靜』。」按耒陽至衡州，一百六十八里。盛夏回棹，秋至潭州，小憩，遂遍別親友，溯湘而下，〈回棹〉舊編在大曆五年，詩曰「蒸池疫癘遍」，「火雲滋垢膩」，知返棹時當盛夏也。〈登舟將適漢陽〉曰「秋帆催客歸」，又有〈暮秋將歸秦留別湖南幕府親友〉詩，知發潭州時屆暮秋也。將出沔鄂，由襄陽轉洛陽，迤邐歸長安，〈回棹〉曰「清思漢水上，涼憶峴山巔」，〈登舟將適漢陽〉曰「鹿門自此往，永息漢陰機」，而在潭州留別湖南親友詩題曰「將歸秦」，知此行乃歸長安，而預計經由之地，亦皆歷歷可考。冬，竟以寓卒於潭岳間，旅殯岳陽。黃鶴曰：「夏如郴，因至耒陽，訪聶令，經方田驛，阻水旬餘，聶令致酒肉。而史云令嘗饋牛炙白酒，大醉，一夕卒。嘗考謝聶令詩有云『禮過宰肥羊，愁當置清醥』，其詩題云『興盡本韻』，又且宿留驛近山亭。若果以飫死，豈復能為是長篇，又復遊憩山亭？以詩

證之，其誣自可不考。況元稹作志，在〈舊史〉前，初無此說。按是秋舟下洞庭，故有〈暮秋將歸秦奉留別親友〉詩。又有〈洞庭湖〉詩云『破浪南風正，回檣畏日斜』，言南風畏日，又云回檣，則非四年所作甚明；當是是年，自衡州歸襄陽，經洞庭詩也。元微之志云：『扁舟下荊楚，竟以寓卒，旅殯岳陽。其後嗣業啟柩，襄祔事於偃師，途次於荊，拜余為志。』呂汲公亦云『夏還襄漢，卒於岳陽。』魯《譜》云『其卒當在衡岳之間，秋冬之交。』但衡在潭之上流，與岳不相鄰，舟行必經潭，然後至岳，當云在潭岳之間，蔡《譜》以史為是，以呂為非，蓋未之考耳。」仇兆鰲曰：「五年冬有〈送李衔〉詩云，『與子避地西康州，洞庭相逢十二秋。』西康州即同谷縣。公以乾元二年冬寓同谷，至大曆五年之秋，為十二秋。」又有〈風疾舟中〉詩，云「十暑岷山葛，三霜楚戶砧。」公以大曆三年春適湖南，至大曆五年之秋，為三霜。以二詩證之，安得云是年之夏卒於耒陽乎？多按：〈風疾舟中伏枕書懷呈湖南親友〉，題曰「舟中伏枕」，詩又曰「羈旅病年侵」，是舟中搆疾也。詩又曰「群雲慘歲陰」，曰「鬱鬱冬炎瘴」，時在冬候也。公之卒，在大曆五年冬，無疑。又按戎昱〈耒陽溪夜行〉原注云「為傷杜甫作」。昱大曆間人，有贈岑參詩。則是公飫死耒陽之說，由來甚久。其詳見於鄭處晦《明皇雜錄》。厥後羅隱有〈經耒陽杜工部墓〉詩；鄭谷〈送沈光〉詩亦曰「耒陽江口春山綠，慟哭應尋杜甫墳」；杜荀鶴〈弔陳陶處士〉曰「耒陽山下傷工部，採石江邊弔翰林。兩地荒墳各三尺，

卻成開解哭君心」；孟賓於〈耒陽杜公祠〉曰「白酒至今聞」；徐介〈耒陽杜工部祠堂〉曰「故教工部死，來伴大夫魂」；裴說〈題耒陽杜公祠〉曰「擬掘孤墳破，重教《大雅》生」；裴諧同作曰「名終埋不得，骨朽且何妨？」此皆宋以前詩也。（《耒陽縣志》載李節〈耒陽弔杜子美〉詩，稱節為天寶詞客，則顯係偽託。）然同時亦有懷疑之說。《詩話總龜》載僧紹員詩云「百年矢志古來有，牛肉因傷是也無？」又載耒陽令詩云「詩名天寶大，骨葬耒陽空。」此皆言聶令空堆土也。黃鶴已知公實不死於耒陽，乃猶疑耒陽有墳有祠，謬說之起必有因，遂又創為新說，謂公嘗瘞宗文於耒陽，後人遂誤以為公墳耳。其所據則〈風疾舟中伏枕書懷〉詩「瘞夭追潘岳」句，及下句渴死事也。今按〈入衡州〉云「猶乳女在傍」，夭者想是此女耳。潘岳〈西征賦〉「夭赤子於新安，坎路側而瘞之」。公詩，用此事，於哺乳之女乃切當。若宗文，是時計年已及冠，得謂為赤子耶？仇氏駁之曰：「宗文若卒於湖南，應有哭子詩，而集中未嘗見。」信然。《山海經》「夸父與日逐走，渴死，棄其杖，化為鄧林」，此下句「持危覓鄧林」所用事也。黃鶴割裂「渴死」二字，以屬宗文，致文意乖亂不可通。今按「覓鄧林」，覓瘞夭之所也（鄧林，夸父死處，故得借用以言窆所）；「持危」謂忍渴冒死以覓之也。詩題本雲「舟中伏枕」，上句又云「行藥病涔涔」，下句云「蹉跎翻學步」，則是力疾瘞夭，行步艱難，故云「持危」耳。仇注：「鄧林，謂老行須杖」，亦勝於鶴說百倍。

岑嘉州繫年考證

嘉州詩見存者三百六十首，其中可確指為某年或某數年間作者，依余所考，殆十有七八。茲篇初稿，本已分年隸屬，釐訂粗備。旋以每定一詩，疏通篇恉，參驗時事，引緒既繁，卷帙大漲，慮其厖糅，不便省覽，乃僅留其時地有徵，可據詩以證事者，餘悉汰之。蓋茲篇意在研究作者之生活，當以事為經，以詩為緯，亦即不得不詳於事而略於詩也。讀者慎勿以為嘉州篇詠之有年可稽者，胥盡於是。至於編年詩譜，不容偏廢，誰曰不然？別造專篇，儻在來日。

嘉州舊無年譜。撰此考垂成，或告以《嶺南學報》第一卷第二期有〈岑參年譜〉，取而讀之，則近時賴君義輝之所作也。以校拙撰，同者不及一二，異者何啻八九。誠以余為此考，年經月緯，枝葉扶疏，亦既自病其事甚寡而詞甚費矣，故今也於其所以異於賴君者，雅不欲一一申辯，以重滋其蕪蔓。其或賴君洞矚未周，而事有關係甚巨，又非剖析不足以明真相者，則於附注中稍稍指陳之，但求有當於徵實，不務抑彼以張我也。雖然，吾得讀賴君此作，如入空谷，而足音跫然，忽在我前，斯亦可憙也矣。若夫篳路藍縷，先我著鞭，偉哉賴君，吾有愧色焉。民國二十二年三月，三易薰竟，一多謹識，時距嘉州沒後實一千一百六十三載也。

公諱參，唐荊州江陵人[03]，其先世本居南陽棘陽，梁時長寧公

03　諸書稱南陽人者，從其舊望也。據《新唐書·宰相世系表》，周文王異母弟耀，子渠，武王封為岑子，其地梁國北岑亭是也，（案說本《呂覽》）子孫因以為氏，世居南陽棘陽。（案漢棘陽縣故城，在今河南新野縣東北。）後漢有征南大將軍岑彭，六傳至旺，徙居吳郡，又六傳至寵，徙鹽官，十世孫善方又徙江陵。張景毓〈大唐朝散大夫行潤州句容縣令岑君德政碑〉（《續古文苑》一八，後簡稱〈張碑〉）：「其先出自顓頊氏，后稷之後。周文王母弟輝克定殷墟，封為岑子，今梁國

善方始徙江陵。善方以降，岑氏譜系，可得而詳焉，示圖如次[04]：

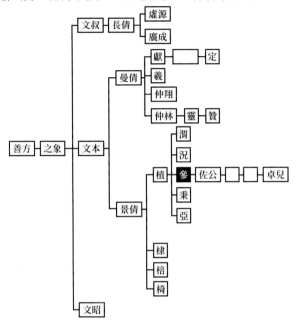

岑亭，即其地也。因以為姓，代居南陽之棘陽。十三代孫善方，隨梁宣帝西上，因官投跡，寓居於荊州焉。」又曰：「梁亭漢室，先開佐命之封；吳郡荊門，晚葺因居之地。」此雖與〈新表〉所紀小異，（《元和姓纂》五與〈新表〉略同，當為《表》所本）然岑氏之不居南陽已久，則無惑也。《舊唐書》七〇〈岑文本傳〉，封江陵縣子（〈張碑〉作江陵縣伯），又嘗自稱「江南一布衣」。《法苑珠林》「中書令岑文本，江陵人。」《新唐書·岑羲傳》「羲江陵人。」《朝野僉載》「京中謠曰，岑羲獠子後，崔湜令公孫。三人相比接，莫賀咄最渾。」亦謂羲為南人。唐世岑氏，籍隸江陵，此其明徵矣。他若《新唐書·文本傳》又稱鄧州人，則不悟望著南陽，本從漢郡，漢之南陽不因唐郡更名而為鄧州也。夫諸書狃於六代積習，匿本貫而標郡望，已為無謂，此更改稱鄧州，則又歧中之歧。《全唐詩》、《全唐文》岑參小傳並從之，不思之甚矣。唐荊州（後升為江陵府）江陵縣，即今湖北江陵縣。

04　此圖據《新唐書·宰相世系表》及《姓纂》改制。〈表〉頗有舛誤，今依沈炳震《新舊唐書合鈔》訂正。長倩子五人（本傳「五子同賜死」），《姓纂》但有虛源廣成二名，而虛源《舊唐書·文本傳》又作靈源，今仍從《姓纂》。義弟仲翔仲休，《姓纂》、《新唐書·文本傳》及〈宰相世系表〉並同，唯《舊唐書·文本傳》作翔，休，今從多數。杜確〈岑嘉州集序〉曰：「嗣子佐公，復纂前緒。」佐公似即公子之名，〈表〉原闕，據〈序〉補入。諸人歷官皆不錄，讀者參閱《姓纂》、〈張碑〉及〈新表〉可耳。

公〈感舊賦〉(《全唐文》三五八)序曰「國家六葉，吾門三相矣」。三相者，曾祖文本相太宗，伯祖長倩相高宗，伯父義相睿宗也。文本字景仁，以文翰位躋臺輔，與虞世南、李百藥、許敬宗輩齊名。所著有集六十卷 [05]，又嘗與令狐德棻同撰《周史》，其史論多出於文本。張景毓稱其「五車萬卷，百家諸子，吐鳳懷蛟，凌雲概日，不尚浮綺，尤存典裁，藻翰之美，今古絕倫」，雖貢諛之辭，不無溢美，要其聲榮之重，可想見也。《舊唐書》本傳紀其少年軼事曰：「父之象，隋末為邯鄲令，常被人所訟，理不得申。文本性沉敏，有姿儀，博考經史，多所貫綜，美譚論，善屬文。時年十四，詣司隸稱冤，辭情慨切，召對明辨。眾頗異之，試令作〈蓮花賦〉。下筆便成，屬意甚佳。合臺莫不嘆賞。」又言其為中書舍人時「所草詔誥，或眾務繁湊，即命書僮六七人隨口並寫，須臾悉成，亦殆盡其妙」。斯則公家文學之遺傳，有足徵者也。

長倩字某，義字伯華，繼居輔宰，並能守正不阿，然皆不獲令終。長倩以忤諸武被戮，五子同賜死；義亦因政潮受牽，身死家破。先是睿宗景雲三年 (西元七一二年) 正月，義以戶部尚書同中書門下三品，六月為侍中。時義兄獻為國子司業，弟翔為陝州刺史，休為商州刺史，從族兄弟子姪因義引用登清要者數十人，故〈感舊賦〉云，「朱門不改，畫戟重新。暮出黃閣，朝趨紫宸。繡轂照路，玉珂驚塵。列親戚以高會，沸歌鐘於上春。無

05　盧照鄰〈南陽公集序〉(《全唐文》一六)「貞觀中，虞李岑許之儔以文章進」。新舊二史志有文本集六十卷，本傳同，唯盧〈序〉云「凡所著述，千有餘篇，今之刊寫，成三十卷」，蓋當時刊寫未足之本耳。

大無小，皆為縉紳。顯顯卬卬，逾數十人。」雖然「高明之家，鬼瞰其室」，義於斯時，似有預感，嘗嘆曰，「物極則返，可以懼矣！」果爾，明年七月，太平公主事發，義以預謀伏誅，籍沒其家，親族數十輩，放逐略盡，時則嘉州誕生之前二年也。[06]

公祖景倩，武周時麟臺少監，衛州刺史，宏文館學士[07]。父植，字德茂，弱冠補修文生，明經擢第，解褐同州參軍，轉蒲州司戶參軍。俄以親累左授夔州雲安縣丞。秩滿，丁父憂去職。服闋，調補衢州司倉參軍。擢潤州句容縣令，有政聲。景龍二年（西元七〇八年）源乾曜為江東黜陟使，薦擢某官。既去句容，縣人為立德政碑[08]。後終仙晉二州刺史[09]。

植子五人，渭、況、參、秉、亞也。渭與秉、亞皆無考。況嘗官單父尉，與劉長卿友善，似亦有文名[10]。杜甫〈渼陂行〉「岑參兄弟皆好奇」，王昌齡〈留別岑參兄弟〉「岑家雙瓊樹，騰光難為儔」，蓋皆謂況也。

夷考群書，公之家世，大校如此。

06　三相事蹟詳見兩《唐書·岑文本傳》。

07　見《新唐書·宰相世系表》。〈張碑〉云：「周大中大夫，行麟臺著作郎，兼宏文館學士。」

08　見張景毓〈岑公德政碑〉。

09　見〈新表〉。

10　劉長卿有〈曲阿對月別岑況徐說〉詩，又有〈旅次丹陽郡遇康侍御宣慰兼別岑單父〉詩。以公〈梁園歌送河南王說判官〉原注「時家兄宰單父」，及〈送楚丘麹少府赴官〉詩「單父聞相近，家書為早傳」之句證之，此岑單父即公兄況無疑也。曲阿縣屬丹陽郡。天寶元年正月改潤州為丹陽郡，同年八月二十日改曲阿縣為丹陽縣。長卿二詩於郡稱新名，縣稱舊名，疑作於天寶元年正月至八月之間。天寶元年，況在丹陽，則公〈敬酬杜華淇上見贈兼呈熊曜〉詩「憶昨癸未歲，（案天寶二年）吾兄自江東」，當即指況，而〈送人歸江寧〉詩曰「吾兄應借問，為報鬢毛霜」，〈送揚州王司馬〉「為報吾兄道，如今已白頭」，皆即況矣。

玄宗開元三年乙卯（西元七一五年）公一歲

父植除仙州刺史，至早當在此年，疑公即生於仙州官廨。

案景龍二年，植尚為句容縣令，因源乾曜薦擢某官，則為仙州刺史當在景龍二年後。《舊唐書·玄宗紀》，開元三年二月，析許州唐州，置仙州。《唐會要》七〇仙州條下云，「貞觀八年置魯州，九年廢。開元二年析許魯唐三州，復置仙州。」置仙州，〈紀〉作三年，《會要》作二年。檢《會要》同卷同頁又載開元十一年十二月，敕以仙州頻喪長史，欲廢之，令公卿議其可否。崔沔上議，有「然自創置，未盈十年」之語。若依《會要》開元二年創置，則下推至十一年十二月，已足十年，與崔沔語不合。是知始置仙州，當從〈紀〉作三年為正。開元三年始有仙州，則植除仙州刺史不得早於此年明矣。

公之卒年，依余所考，定為大曆五年，或不大謬（說詳後），然但知卒年，不知壽算幾何，是其生年仍無由推計也。且集中諸詩凡有年月可稽者，又不詳其時作者幾歲，間有語及年歲者，又類皆約舉成數（如曰三十，四十），文家修詞，不拘摭實，故亦不敢決為誰實誰虛，是仍不足據以上推其生年也。不寧唯是，諸篇所述年歲，斟酌前後，往往互相牴牾。試觀下表：

		作詩之年	作者年歲之各種假設			
1	「參年三十未及一命」（〈感舊賦序〉）			二十八	二十六	三十
2	「三十始一命」（〈初授官題高冠草堂〉）	西元七四四年	三十	二十九	二十七	三十一
3	「丈夫三十未富貴，安能終日守筆硯！」（〈銀山磧西館〉）		三十五	三十四	三十二	三十六
4	「可知年四十，猶知未封侯」（〈北庭作〉）	西元七五四年至七五六年	四十至四十二	三十九至四十一	三十七至三十九	四十一至四十三
5	「四十年未老」（〈行軍詩二首〉）	西元七五七年	四十三	四十二	四十	四十四
6	「年紀蹉跎四十強，自言頭白始為郎」（〈秋夕讀書幽興呈兵部李侍郎〉）	西元七六二年	四十八	四十七	四十五	四十九

否認 (1) 之「三十」為實數，則 (2) (3) 之「三十」(4) (5) 之「四十」，皆為虛數，未始不可，唯 (6) 曰「四十強」，而其時實已四十九歲，則在疑似之間。若 (5) 之「四十」為實數，則 (3) 之「三十」為虛數可也，(6) 之稱四十五為「四十強」亦可，然 (1) (2) (4) 三例則旨相去甚遠。若定 (6) 之「四十強」為四十七歲，則 (3) (4) (5) 皆為虛數可也，(2) 稱二十九歲曰「三十」，尚可，(1) 稱二十八歲為「三十」則斷不可。若認 (2) 之「三十」為實數，則 (3) (5) 並為虛數可也，(4) 之「四十」或虛或實，亦無問題，(1) 稱二十九為「三十」，(6) 之「四十

強」為四十八歲，皆不甚悖於理。綜觀以上各例，除（3）（4）兩詩不可確定為何年所作，無從假定，其餘四例中，唯（2）為較無滯礙，故余即準此定〈初授官題高冠草堂〉詩所云「三十始一命」者為實指三十；其時為天寶三載（西元七四四年）則登第之年可證也。天寶三載年三十歲，則當生於開元三年（西元七一五年）。此雖別無確證，然優於其他各例則無疑也[11]。

既知公父為仙州刺史至早在開元三年，而公之生亦在此年，則公即生於仙州官廨，為極可能之事矣。

開元四年丙辰（西元七一六年）二歲

開元五年丁巳（西元七一七年）三歲

開元六年戊午（西元七一八年）四歲

開元七年己未（西元七一九年）五歲

始讀書。

〈感舊賦序〉，「五歲讀書」。

開元八年庚申（西元七二〇年）六歲

公父轉晉州刺史，約當此年，公亦以此年侍父至晉州。

11　賴《譜》定公生於開元六年（西元七一八年）乃本表第五例，其誤甚顯。〈初授官題高冠草堂〉詩當作於天寶三載，賴《譜》在六載，相差三年，此不可不辨。案杜〈序〉「天寶三載，進士高第，解褐右內率府兵曹參軍」。《蘇氏演義》曰「進士者，可以進受爵祿者也」。登第後即解褐授官，乃當時常式，故登第之年即解褐之年。賴君既知登第在天寶三載，乃謂六載始授官，豈別有據耶？又案唐制貢舉人正月就禮部試，二月放榜，四月送吏部，則公初授官當在天寶三載四月。〈初授官題高冠草堂〉詩曰，「澗水吞樵路，山花醉藥欄」，物候頗合。是非特授官之年可考，抑其月亦有徵矣。

有唐官制，一歲為一考，四考有替則為滿，若無替，則五歲而罷，此其常例也。景龍以還，雖官紀大紊，然玄宗即位，大格奸濫，竊疑刺史改轉，是時已復遵常軌[12]。故植轉晉州，或經四考，或經五考，其時要不外開元七八兩年。唯岑氏自羲得罪後，朝中遽失依憑，以常理推之，植守此劣州[13]必歷久始得上遷[14]。今姑依五考之例，定植轉晉州之時為開元八年。此固想當然耳，然亦有一事可資參證。本集〈題平陽郡汾橋邊柳樹〉詩原注曰「參曾居此郡八九年」。平陽郡即晉州，天寶元年改名。公居晉八九年之久，而集中晉州詩僅見，是必童年侍父僑寓於此。〈感舊賦序〉曰「十五隱於嵩陽」，明十五以前未常居嵩陽也。十五以前不居嵩陽者，其時父方刺晉，公亦在晉州耳。十五歲之前一年為開元十六年。由開元十六年上數九年為開元八年，公之居晉蓋自是年始。既知公始至晉在開元八年，則父之來守是州，必經五考，而其年則亦為開元八年矣。（若依四考計之，則轉晉在開元七年，而公之居晉宜為十年，與〈題柳樹〉詩注不合。）

‖ **開元九年辛酉（西元七二一年）七歲**
‖ **開元十年壬戌（西元七二二年）八歲**

12　《唐會要》六八載景龍二年，御史中丞盧懷慎上疏曰，「臣竊見比來州牧上佐等，多者一二年，少者三五月，遂即遷改，不論課最，爭取冒進。……臣請望諸州都督刺史上佐等，在位未經四考以上，不許遷除。」據《舊書》九八〈懷慎傳〉，疏上不納。

13　崔沔議有「戶口稀疏」及「寧為卑位，獨當廢省」等語。

14　仙州下州，刺史正四品下。晉州上州，刺史從二品。

137

‖ 開元十一年癸亥（西元七二三年）九歲

始屬文。

〈感舊賦序〉，「九歲屬文。」

‖ 開元十二年甲子（西元七二四年）十歲
開元十三年乙丑（西元七二五年）十一歲
開元十四年丙寅（西元七二六年）十二歲
開元十五年丁卯（西元七二七年）十三歲
開元十六年戊辰（西元七二八年）十四歲
‖ 開元十七年己巳（西元七二九年）十五歲

移居河南府登封縣（太室別業）。

是時，公父已逝世。家貧，從兄受書，能自砥礪，遍覽
經史。

〈感舊賦序〉曰，「十五隱於嵩陽」。案河南府嵩陽縣，武后
時已改名登封（即今河南登封縣）。此序稱嵩陽（賦亦曰「有嵩陽
之一邱」），則用舊名也[15]。〈初至虢西官舍南池呈左右省及南
宮故人〉詩曰，「他日能相訪，嵩南舊草堂」，嵩南猶嵩陽耳。
又案嵩高之名，舊有二說。《史記・封禪書》，「自殽以東，名
山五。……曰太室 —— 太室，嵩高也。」此狹義之嵩山。《藝
文類聚》七引戴延之《西征記》，「嵩高，山岩中也，東謂太室，
西謂少室，相去七十里；嵩高，總名也。」此廣義之嵩山。縣

15　更名登封後，唐人詩文中每沿用嵩陽舊名，即如公〈澠水東店送唐子歸嵩陽〉詩，
　　即其一例也。

名嵩陽，蓋取狹義，專指太室。公有〈峨眉東腳臨江聽猿懷二室舊廬詩〉，既曰二室，是公於太室少室，皆嘗居之矣。其居少室，有〈自潘陵尖還少室居止秋夕憑眺〉詩可證。少室之居，既別有徵，則諸言嵩陽嵩南者，非太室而何？李白〈送楊山人歸嵩山〉詩曰，「我有萬古宅，嵩陽玉女峰。」據《登封縣志》，太室二十四峰有玉女峰。玉女為太室峰名而曰嵩陽，可證唐人稱嵩陽皆謂太室之陽矣。

〈新表〉於植歷官，稱「仙晉二州刺史」，是植官終於晉州刺史。植捐館之年，載籍不詳，難以確指。據杜〈序〉稱公「早歲孤貧」，則植之卒，即不在晉州任內，亦不出爾後數年中，總之，公移居嵩陽時，父已早卒，則可斷言也。蓋植歿後，妻子仍留寓晉州，必至本年，始徙嵩陽，故公於〈題汾橋邊柳樹〉詩注云「居平陽郡八九年」耳。

〈感舊賦〉曰「無負郭之數畝，有嵩陽之一邱」，而居嵩陽時年方十五，則與杜〈序〉所云「早歲孤貧」者正合。賦又曰「志學集其荼蓼，弱冠干於王侯，荷仁兄之教導，方勵己以增修」。杜〈序〉於「早歲孤貧」下亦曰「能自砥礪，遍覽經史」。蓋父卒，故從兄受業，而自十五至二十，則正其勤苦向學之時也。

▌開元十八年庚午（西元七三〇年）十六歲

移居潁陽（少室別業）當在本年以後。

〈自潘陵尖還少室居止秋夕憑眺〉詩曰「草堂近少室，夜靜聞風松」，知公又嘗居少室也。集中又屢言歸潁陽（〈醉題匡城

周少府廳壁〉曰,「潁陽秋草今黃盡,醉臥君家猶未還」,〈偃師東與韓樽同詣景雲暉上人即事〉曰,「山陰老僧解《楞伽》,潁陽歸客遠相過」,〈郊行寄杜位〉曰:「秋風引歸夢,昨夜到汝潁」),潁陽即「少室居止」所在,其證有三。戴延之《西征記》稱太室少室相去七十里。潁陽縣故治即今河南自由縣潁陽鎮,在登封縣西南七十里。登封縣在太室山下,其距潁陽道里乃與太室距少室道里符合,則公潁陽所居亦即少室居止矣。其證一。〈還少室居止憑眺〉詩又曰,「火點伊陽村,煙深嵩角鐘。」按輿圖,少室距登封(嵩陽)與其距伊陽道里略相等,故自此憑眺,東望嵩角,則暮煙深處,時聞遠鐘,南瞻伊陽,則數星村火,隱約可辨。按之地望,此與潁陽正合,則潁陽即少室也。其證二。韋莊〈潁陽縣〉詩曰,「琴堂連少室,故事即仙蹤。」此尤潁陽縣治在少室山下之明驗。然則潁陽亦即少室也。其證三。又案《元和郡縣志》五,「潁水有三源,右水出陽乾山、潁谷,中水導源少室通阜,左水出少室南溪,東合潁水。」公又有〈南溪別業〉詩,曰「結宇依青嶂」,曰「溪合水重流」。「青嶂」殆即少室山,「溪合水重流」即南溪合潁水也[16]。蓋以縣言則曰潁陽,以山言則曰少室,以水言則曰南溪,其實一耳。

　　知移居潁陽在本年以後者:《會要》七〇:「咸亨四年分河南伊闕嵩陽等縣置武林縣,開元十五年九月二日改潁陽縣。」集中凡言家園,絕無稱武林者,其稱潁陽者,數見不鮮,故移家潁

16　〈南溪別業〉詩,明至德濟南本《岑集》所無,《全詩》有,又見蔣洌詩中。據此,則作蔣洌者非也。

陽，合在改名以後。然自開元八年至十六年，為居晉州之期，而十七年居登封（嵩陽），亦有詩賦可據，則是遷居潁陽，至早不得過開元十八年矣。

又案公生平所居之地見於詩者，又有「緱山草堂」，「陸渾別業」，及「王屋別業」，疑皆天寶中遷長安以前所居之地 [17]，其遷徙年次，則並不詳。姑附識於此，以俟續考。

開元十九年辛未（西元七三一年）十七歲
開元二十年壬申（西元七三二年）十八歲
開元二十一年癸酉（西元七三三年）十九歲
開元二十二年甲戌（西元七三四年）二十歲

始至長安，獻書闕下。此後十年，屢往返於京洛間。

成室當在本年以後，天寶元年八月以前。

〈感舊賦〉序曰「二十獻書闕下」，賦曰「弱冠幹於王侯」，又曰「我從東山，獻書西周」。按《登科記》有上書拜官，及上書及第。《封氏聞見記》云，「常舉外，有進獻文章並上著述之輩，或付本司，或付中書考試，亦同制舉。」《雲麓漫鈔》亦云，「上書者中書試，同進士及第。」《權載之集》有元和元年吏部試上書人策問三道，是與制舉對策無異，公獻書後，蓋亦嘗對策而落第耳。

17　天寶三載登第授官後，當居京師，考集中天寶三載以後，吟詠所及，如曰「終南草堂」，曰「高冠草堂」，曰「杜陵別業」之類，咸在長安，故偶有涉及嵩潁故園者，皆追懷之詩，是知自移家長安後，遂不復東歸也。

知本年初至長安者，賦曰「我從東山，獻書西周」，東山用謝安事，猶上文云「隱於嵩陽也」。獻書以前，未嘗涉跡帝都，故得曰「隱」，曰「東山」。

〈夜過磐石隔河望永樂寄閨中效齊梁體〉詩有「春物知人意，桃花笑索居」之句，似其時去新婚未久。《會要》七〇，「天寶元年八月，易州永樂縣改為滿城縣。」此詩稱永樂則當作於天寶元年八月以前。永樂在京洛道中，詩蓋即「出入二郡」途經永樂時所作也[18]。然本年以前，公未嘗至長安，則是詩之作，至早不得過本年。既知詩當作於本年以後，天寶元年以前，則公授室之年，亦約略可知矣。

開元二十三年乙亥（西元七三五年）二十一歲
開元二十四年丙子（西元七三六年）二十二歲
開元二十五年丁丑（西元七三七年）二十三歲
開元二十六年戊寅（西元七三八年）二十四歲
開元二十七年己卯（西元七三九年）二十五歲

在長安。

王昌齡開元二十八年冬謫江寧丞（說詳後），有〈留別岑參兄弟〉詩，曰「長安故人宅，秣馬經前秋」。詩作於開元二十八年而曰「前秋」，則是二十七年秋也。此本年公在長安之證。

18　又有〈題永樂韋少府廳壁〉詩，宜為同時所作，詩曰「故人是邑尉，過客駐征軒」。永樂為公行役所經之地，此其確證。

開元二十八年庚辰（七四○）二十六歲

在長安。是冬，王昌齡出為江寧丞，公有詩送之。

〈送王大昌齡赴江寧〉詩曰「澤國從一官，滄波幾千里。群公滿天闕，獨去過淮水。」詩有憫惜之意，似是昌齡初謫江寧時贈別之作。昌齡謫官之歲月，載籍不詳。〈送許子擢第歸江寧拜親因寄王大昌齡〉詩曰「王兄尚謫宦，屢見秋雲生。」彼詩作於天寶元年（詳後），曰「尚謫宦」，則初赴江寧必在天寶元年以前，又曰「屢見秋雲」，則又不只前一年，是昌齡謫官亦不得在開元二十九年也。又考王士源〈孟浩然集序〉，開元二十八年，王昌齡遊襄陽，浩然因歡宴疾發而卒。昌齡若二十七年謫官，似既謫官後，不得於二十八年忽離職守，遠赴襄陽，故謫官亦不得在二十八年以前。昌齡〈留別岑參兄弟〉詩曰「江城建業樓，山盡滄海頭。副職守茲邑，東南棹孤舟」，明為謫江寧將之官時所作。詩又曰「便以風雪暮，還為縱酒留」，而公〈送昌齡赴江寧〉詩亦曰「北風吹微雪，抱被肯同宿」，明時在冬日。意者昌齡遊襄陽在二十八年冬前，其謫江寧則二十八年冬耳。

開元二十九年辛巳（七四一）二十七歲

是年遊河朔。春自長安至邯鄲，歷井陘，抵貝丘。暮春自貝丘抵冀州。八月由匡城經鐵丘，至滑州，遂歸潁陽。

〈送郭乂雜言〉詩曰「去年四月初，我正在河朔」，集中又有河南北詩數首，是公嘗有河朔之遊也。知此遊在本年者其證有三。

（一）〈冀州客舍酒酣貽王綺寄題南樓〉詩曰，「攜手到冀州」，冀州天寶元年改信都郡，至德二載復為冀州。然公自至德二載歸自北庭，爾後在長安，在虢州，在蜀，遊蹤所屆，歷歷可考，絕不見遊河朔之跡，且河北諸郡，自祿山叛命，逮於藩鎮，變亂相仍，迄無寧歲，其地亦斷非遊衍之所，故詩與題所稱冀州，必天寶元年未更郡名以前之冀州。（二）斯遊雖不在天寶元年，要當去天寶元年不遠。〈至大梁卻寄匡城主人〉詩為此遊途中所作（詳後），詩曰「一從棄魚釣，十載干明王。無由謁天階，卻欲歸滄浪」，此即〈感舊賦〉所謂「我從東山，獻書西周。出入二郡，蹉跎十秋」也。獻書事在開元二十二年，自彼年下推十載，為天寶二年。此遊不得在天寶元年後，既如前述，則詩曰「十載」，乃舉成數言之。然數字虛用，充其量，八載而冒稱十載可耳，七載以下似不宜猶稱十載。故此詩至早當作於開元二十九年，亦即獻書後八年也。（三）且事實上，天寶元二兩年皆不得有河朔之遊。天寶元年有長安詩，既在長安，則必無又在河朔之理。據〈送郭乂雜言〉詩，「地上青草出，經冬今始歸」之句，知首年出遊，次年「青草出」時，即二月間，始歸長安。出遊若在天寶二年，則歸長安應在三載二月。然公三載登第，其年正月正就試禮部之時，安得二月始歸長安哉？天寶元二年既皆不得有此遊，則〈寄匡城主人〉詩所云「十載」，實才八載，益無疑矣。

　　至斯遊經行之地，案之輿圖，參以各詩所紀時物，其先後次第，似亦可尋，姑以意定之如此。說詳下方各詩本條中：

〈邯鄲客舍歌〉詩曰「客從長安來」，知此遊乃自長安首途。

〈題井陘雙溪李道士所居〉井陘縣屬恆州，即今河北井陘縣。依路線當自邯鄲至此，再至貝丘。

〈冀州客舍酒酣貽王綺寄題南樓〉詩曰「客舍梨花繁，深花隱鳴鳩」，與〈送郭乂雜言〉「去年四月初，我正在河朔」之語頗合。詩又曰「憶昨始相值，值君客貝丘。相看復乘興，攜手到冀州」，則是與王綺同自貝丘來冀也。貝丘在今山東清平縣西四十里。

〈醉題匡城周少府廳壁〉匡城縣在今河南長垣縣南十里。詩曰「潁陽秋草今黃盡，醉臥君家猶未還」，知是南旋途中所作，時在秋日也。

〈至大梁卻寄匡城主〉大梁即滑州，隋時名東郡，唐復曰滑州，天寶元年改名靈昌郡。詩曰「仲秋至東郡」，又曰「仲秋蕭條景」，又曰「平明辭鐵丘，薄暮遊大梁」，蓋自匡城至鐵丘，又至大梁，時則八月也。鐵丘在滑州衛南縣東南十里，今河北濮陽縣北。詩又曰「故人南燕吏」，是匡城主人即前詩之周少府也。

〈郊行寄杜位〉詩曰「秋風引歸夢，昨夜到汝潁」，又曰，「所思何由見，東北徒引領」，似亦此次自河北歸潁陽道中作。杜位時在河朔，故曰東北引領。

〈偃師東與韓樽同詣景雲暉上人即事〉詩曰「潁陽歸客遠相過」，疑亦同時所作。

天寶元年王午（西元七四二年）二十八歲

在長安。

〈送郭乂雜言〉詩有「初行莫早發，且宿灞橋頭」及「到家速覓長安使，待汝書封我自開」等句，知作於長安。開元二十九年在河朔，詩曰「去年四月初，我正在河朔」，又曰「地上青草出，經冬今始歸」，則詩當作於天寶元年春。又本年正月甲寅，田同秀上言，見玄元皇帝於丹鳳門之空中，告以所藏靈符在尹喜故宅，上遣使於故函谷關尹喜臺旁求得之；王辰，群臣上表請於尊號加天寶字，從之。公〈送許子擢第歸江寧拜親因寄王大昌齡〉詩曰「玄元告靈符，丹洞獲其銘。皇帝受玉冊，群臣羅天庭。喜氣薄太陽，祥光徹窅冥。奔走朝萬國，崩騰集百靈」，則亦作於天寶元年。〈送許〉詩又曰「六月槐花飛，忽思蓴菜羹，跨馬出國門，丹陽返柴荊」，集中又有詩題曰「宿關西客舍，寄東山嚴許二山人，時天寶初七月初三日，在內學見有高道舉徵」，足證是年六七月，公猶在長安也。

天寶二年癸未（七四三）二十九歲

在長安。歲晚作〈感舊賦〉。

〈感舊賦〉曰，「我從東山，獻書西周。出入二郡，蹉跎十秋。」若定賦作於本年，則自開元二十二年獻書至本年，恰為十年。然本年二十九歲，而賦序曰「參年三十，未及一命」，何哉？若從序「年三十」之語，定此賦作於明年，則自獻書至

天寶三載為十一年，又與「蹉跎十秋」之語不合。此序與賦一篇之內，自相牴牾也。明年〈初授官題高冠草堂〉詩曰「三十始一命」，而賦序曰「參年三十，未及一命」。同為年三十，忽曰「始一命」，忽曰「未及一命」，此詩與賦又互相牴牾也。竊意詩言「三十」當為實數，賦曰「十秋」亦然，賦序言「三十」則為虛數，故賦當作於天寶二年，二十九歲時。或疑唐制新進士四月送吏部，授官即在送吏部後。若然，則歲初作賦，曰「未及一命」，至四月授官後，乃曰「始一命」，亦無不可，故賦與詩不妨同為天寶三載所作。應曰，此不可能也。賦曰「嗟此路之其阻，恐歲月之不留。眷城闕以懷歸，將欲返雲林之舊遊。」將謂賦作於正月乎？則正月乃就試禮闈之時，焉有既已就試，猶云欲返舊遊之理？將謂賦作於二三月乎？則既已放榜登第矣，更無返舊遊之必要。且賦中「雪凍穿履，塵緇敝裘」之語，已明示作於冬日。既知作賦時未登第，此而冬日必非天寶三載冬，則其為天寶二年冬，可不待煩言而解矣。賦又曰「強學以待，知音不無。思達人之惠顧，庶有望於亨衢」。蓋二年冬，因將赴舉而為此賦，意欲使達人惠顧，或見激揚耳。唐世舉人，積習如此。公之此賦，倘亦賢者不免歟。

▎天寶三載甲申（西元七四四年）三十歲

在長安。是年舉進士，以第二人及第，解褐授右內率府兵曹參軍。

杜〈序〉「天寶三載，進士高第，解褐右內率府兵曹參軍」。

《唐才子傳》三「岑參……天寶三年趙岳榜第二人及第」。案是年
禮部侍郎達奚珣知貢舉,見《唐語林》。

天寶四載乙酉(西元七四五年)三十一歲

在長安。

《通鑑》,天寶四載三月,以刑部尚書裴敦復充嶺南五府經
略等使,五月,敦復坐逗不之官,貶淄川太守。公有〈送裴校書
從大夫淄川覲省〉詩,裴大夫當即敦復,校書,敦復之子也。詩
曰「尚書東出守,愛子向青州」,疑敦復赴淄川後,其子旋往省
侍,故詩又有「倚處戟門秋」之句。此詩乃本年秋作於長安,可
證其時公在長安也。

天寶五載丙戌(西元七四六年)三十二歲
天寶六載丁亥(西元七四七年)三十三歲
天寶七載戊子(西元七四八年)三十四歲

在長安。是年顏真卿使赴河隴,公有詩送之。

殷亮〈顏魯公行狀〉(《全文》五四一),「【天寶】七載,又
充河西隴右軍試覆屯交兵使」,留元剛《顏魯公年譜》同[19]。公有
〈胡笳歌送顏真卿使赴河隴〉詩。

---

19 據《行狀》,六載使河東朔方,七載使河西隴右。《舊唐書》一二八〈顏真卿傳〉載
使河朔事,在使河隴前,而不書何年,(《太平廣記》三二引《仙傳拾遺》與本傳
同)蓋亦以六載使河朔,七載使河隴。《舊唐書》一一四〈魯炅傳〉云「天寶六年-
顏真卿為監察御史,使至隴右」,誤也。

天寶八載己丑（西元七四九年）三十五歲

安西四鎮節度使高仙芝入朝，表公為右威衛錄事參軍，充節度使幕掌書記，遂赴安西。

公有〈武威送劉單判官赴安西行營便呈高開府〉詩，可證公嘗佐高仙芝幕。然始入高幕之年，載籍不詳，考仙芝天寶六載十二月代夫蒙靈詧為安西四鎮節使[20]。十載入為右金吾大將軍。此四年中，七載公在長安，則七載尚未受辟也，八載九載，於詩無徵，在長安與否不可知。至十載，始有〈武威送劉單便呈高開府〉詩（此詩當作於十載，說詳後），知其年已至邊地。然十載在邊，未必即十載始至邊地也。竊意仙芝居節鎮之四年中，嘗兩度入朝，一在八載，一在十載[21]，其辟公為幕僚，似在八載入朝之頃。〈送劉單〉詩作於武威，詩曰「都護新出師，五月發軍裝」。又有〈臨洮客舍留別祁四〉詩，曰「無事向邊外，至今仍不歸。三年絕鄉言，六月未春衣」。武威臨洮，地近也，五月六月，時近也，故別祁詩亦當作於十載。十載作此詩而曰「三年絕家信」，則初去家時，宜為天寶八載。此與高仙芝節制安西後初次入朝之年，適合符節。然則定公受辟在八載仙芝入朝之時，不為無據矣。

杜〈序〉於「解褐右內率府兵曹參軍」下曰「轉右威衛錄事參

20　仙芝代靈詧，據《舊唐書》一〇四〈仙芝傳〉及《通鑑》，在天寶六載。《舊唐書》一二八〈段秀實傳〉作七載，誤。又〈仙芝傳〉作六月，沈炳震云當從〈封常清傳〉作十二月。按《通鑑》亦作十二月。

21　第二次入朝，《舊唐書》本傳作九載，《通鑑》作十載。案唐鎮將多因元旦入朝。仙芝蓋於九載十二月平石國後發安西，歲晏抵長安，其朝見玄宗則在十載元旦。故二書雖所紀互異而實無牴牾。

軍」。右威衛錄事參軍疑為高仙芝辟公時所為表請之官。其在安西幕中所守職事，據〈銀山磧西館〉詩「丈夫三十未富貴，安能終日守筆硯」之語[22]，則似為掌書記，唐時文士初入戎幕，每充掌書記，如高適之佐哥舒翰是也。公之於高仙芝，殆其類歟？

▌天寶九載庚寅（西元七五〇年）三十六歲

在安西。

▌天寶十載辛卯（西元七五一年）三十七歲

正月，高仙芝入朝，三月，除武威太守河西節度使，代安思順。於是仙芝幕僚群趨武威，公亦同至。適思順密諷群胡堅請留己，奏聞，制遂復留思順於河西，以仙芝為右羽林大將軍。四月，諸胡潛引大食，欲共攻四鎮，仙芝聞之，急赴邊，將蕃漢三萬眾擊大食。遂以五月出師，至怛羅斯，與大食遇。仙芝所將蕃兵葛羅祿部眾叛，與大食夾攻唐軍，仙芝大敗。仙芝出征時，留公等在武威。及仙芝兵敗還朝，公亦迤邐東歸，以六月次臨洮，約於初秋至長安。

仙芝以天寶十載正月加開府儀同三司。又據《新唐書·方鎮表》，天寶十載王正見代高仙芝為安西四鎮節度使，十一載正見死，封常清代之，常清居此職，至十四載始遷平盧，是十載以後，仙芝不復在安西也。〈武威送劉單〉詩稱「高開府」，又曰

22　銀山磧在西州西南三百四十里，又四十里，至焉耆界，有呂光館，詩題當即指此，在安西時所作也。本年三十五歲，而詩言三十者，計舉成數言之。

「安西行營」，則作於天寶十載無疑。公作〈送劉單〉詩之年為天寶十載，而作詩之地，乃在武威。此頗可注意。本年仙芝除河西，實未嘗赴鎮[23]，何以其幕僚[24]在武威（河西節度使治武威郡）？集中又有武威詩四首，似並為同時所作。

一、〈武威送劉判官赴磧西行軍〉按《會要》七八，「開元十二年以後，或稱磧西節度，或稱四鎮節度」。高仙芝是時為安西四鎮節度使，故知此劉判官為仙芝僚佐。詩曰「都護行營太白西」，「都護」即〈送劉單〉詩「都護新出師」之都護，謂仙芝也，「行營」與〈送劉單〉詩題之「安西行營」亦同。又此詩曰「火山五月行人少」，與〈送劉單〉詩「孟夏邊候遲，胡國草木長。都護新出師，五月發軍裝」，所言時序亦合。此劉判官雖不必即劉單，然二詩皆作於天寶十載四五月間，則可斷言也。

二、〈武威暮春聞宇文判官使還已到晉昌〉據前二詩，知公等四五月間在武威，此曰暮春，則三月已來矣。

三、〈河西春暮憶秦中〉詩曰「涼州三月半」，涼州即武威郡。此與前篇同時所作。

四、〈登涼州尹臺寺〉詩曰「胡地三月半，梨花今始開」，時序與前詩吻合，知為同時所作。涼州，天寶元年改武威郡，此用舊名，亦猶前詩曰「涼州三月半」，〈武威暮春聞宇文

23　《新唐書·方鎮表》，天寶十載，仙芝入朝，遷河西，未行，改右羽林大將軍。

24　《舊唐書·高仙芝傳》，「天寶六載九月，仙芝討小勃律國還，令劉單草告捷書」，知劉單為仙芝幕僚。

判官使還已到晉昌〉詩曰「聞已到瓜州」也。（瓜州即晉昌郡，亦天寶元年改名。）

綜觀各詩，知仙芝僚屬之至武威者，公與劉單外，又有宇文判官，其赴磧西之劉判官，似別為一人，疑即劉眺[25]。總之，仙芝僚佐之在武威者頗多，而其時則在天寶十載之三月至五月間。仙芝征大食據《通鑑》在四月，而幕僚則三月已到武威，此必諸人聞仙芝除河西之命，即趨赴武威，其後雖安思順復來，仙芝不果就鎮，然諸人既已來武威即暫留其地，直至仙芝征大食還，始同歸長安也。

仙芝擊大食事見《通鑑》、《舊唐書‧玄宗紀》及〈仙芝傳〉皆不載。《通典》一九三引杜環《經行記》云：「怛羅斯，石國大鎮，即天寶十載高仙芝兵敗之地」。《通典》又云：「族子環，隨鎮西節度使高仙芝西征，天寶十載至西海，寶應初因賈商船自廣州而回，著《經行記》」，是則杜環亦仙芝幕僚而兵敗流落西域者。

《通鑑》載征大食事在四月，而公〈送劉單〉詩曰「孟夏邊候遲，胡國草木長。都護新出師，五月發軍裝」。蓋仙芝四月辭長安，五月整師西征耳。

知公東歸以六月次臨洮者，〈臨洮客舍留別祁四〉詩曰「六

25　《唐會要》七八，「神策軍，天寶十三載七月十七日，隴右節度使哥舒翰以前年（案猶言去歲）收黃河九曲，請分其地置洮陽郡，內置軍焉。」《舊唐書》一一〇〈王思禮傳〉「十二載哥舒翰收黃河九曲」。又翰兼河西節度，實因收九曲之功，故知兼河西之年，即知收九曲之年。《舊唐書》一〇四〈翰傳〉，十二載加河西節度使，《新唐書‧方鎮表》一二，天寶十二載哥舒翰兼河西。此並與《通鑑》合。〈舊玄宗紀〉收九曲在十三載三月，其誤無疑。

月未春衣」，〈臨洮龍興寺玄上人院同詠青木香叢〉詩曰「六月花新吐」，可證。六月至臨洮，初秋應抵長安。是秋，杜甫有〈九日寄岑參〉詩。

天寶十一載壬辰（西元七五二年）三十八歲

在長安。是秋，與杜甫、高適、儲光義、薛據同登慈恩寺塔，賦詩。

薛播天寶十一載擢進士第，見《五百家韓注》。公有〈送薛播擢第歸河東〉詩，知本年在長安。

公有〈與高適薛據登慈恩寺浮圖〉詩，杜甫、儲光義並有〈同諸公登慈恩寺塔〉詩，知斯遊杜儲亦與。今唯薛作不存，餘四家詩中所紀時序並同，（公詩曰「秋色從西來」，杜曰「少昊行清秋」，高曰「秋風昨夜至」，儲曰「登之清秋時」）尤為五人同遊之證。杜詩梁氏編在天寶十三載，誠近臆斷，而仇氏但云「應在祿山陷京師以前，十載獻賦之後」，亦未能確定何年。今案登塔事，十載，十二載，十三載皆不可能，各有反證，分述如下。

一、 天寶十載：〈舊玄宗紀〉十載「是秋霖雨積旬，牆屋多壞，西京尤甚」。是年杜甫所作〈秋述〉曰，「秋杜子臥病長安旅次，多雨生魚，青苔及榻」。多雨既非登塔之時，而杜甫臥病，尤無參與斯遊之理，是登塔不得在天寶十載秋也。

二、 天寶十二載：《通鑑》天寶十二載五月，哥舒翰擊吐蕃，拔洪濟大漠門等城，悉收黃河九曲，〈舊玄宗紀〉，天寶十二

載九月，哥舒翰進封西平郡王。案高適有〈同呂判官從哥舒大夫破洪濟城回登積石軍多福寺七級浮圖〉、〈同李員外賀哥舒大夫破九曲之作〉兩詩，又有〈九曲詞三首〉，句云「御史臺中異姓王」。是則天寶十二載五月至九月，適在河西，不得與於長安慈恩寺塔之遊也。

三、 天寶十三載：〈舊玄宗紀〉，十三載八月以久雨，左相陳希烈罷知政事，又云「是秋霖雨積六十餘日」，蓋即杜甫〈秋雨嘆〉（盧氏編在十三載）所謂「秋來未曾見白日，泥汙后土何時乾」者。十三載秋亦積雨若是之久，則登塔亦為根本不可能。且據杜《年譜》，是秋因京師霖雨乏食生計艱窘，攜家往奉先，則縱有斯遊，杜不得與。又十三載四月岑公已赴北庭（說詳後），則岑亦不得與於斯遊也。

十載，十二載，十三載，諸公既不得同時在京，再參以仇氏杜詩當作於十載獻賦後之說，則登塔賦詩之事，必在十一載無疑。〈送薛播〉詩已明示岑公是年在長安，高適十二載四月尚有〈李雲南征蠻〉詩[26]，可證此前仍在長安，杜甫據《年譜》是年亦未他去，儲光羲是時宜官監察御史，蓋並薛據咸在京師也。

┃天寶十二載癸巳（西元七五三年）三十九歲

在長安。是春顏真卿出為平原郡太守，公有詩贈行。

〈送顏平原〉詩序曰「十二年春，有詔補尚書十數公為郡

26　〈李雲南征蠻〉詩序曰，「十二載四月至於長安……適忝斯人之舊，因賦是詩」。

守，上親賦詩，觴群公，宴於蓬萊前殿，仍賜以繒帛，寵餞加等。參美顏公是行，為寵別章句」。留元剛《顏魯公年譜》，「天寶十二載楊國忠以前事銜之，謬稱請擇，出公為平原太守」。又曰「按十三載有〈東方朔畫贊碑陰記〉，云去歲拜此郡，則以是年出守明矣」。

又案〈太一石鱉崖口潭舊廬招王學士〉詩曰「偶逐干祿徒，十年皆小官」，自天寶三載解褐至本年為十年。太一即終南山，在長安城南。此亦本年公在長安之證。

▌天寶十三載甲午（西元七五四年）四十歲

是年，安西四鎮節度使封常清入朝，三月，權北庭都護伊西節度瀚海軍使，表公為大理評事，攝監察御史，充安西北庭節度判官，遂赴北庭。五月，常清出師西征，公在後方。六月，常清受降回軍。是冬，常清破播仙，師還，公獻〈凱歌〉六章。

《舊唐書》一〇四〈封常清傳〉「十三載入朝，攝御史大夫。俄而北庭都護程千里入為右金吾大將軍，仍令常清權知北庭都護，持節充伊西節度等使」。〈舊玄宗紀〉「十三載三月，封常清權北庭都護伊西節度使[27]。案伊西有瀚海軍。諸書於常清職銜多

27　常清兼北庭，諸書云在十三載三月。獨《唐會要》七八云「天寶十二載二月，始以安西四鎮節度封常清兼伊西北庭瀚海軍使」。兩二字必皆三字之訛。《舊唐書》一八七下《忠義·程千里傳》「天寶十三載三月乙丑（〈安祿山事蹟〉上作二十四日）獻俘於勤政樓……以功授右金吾衛大將軍同正，仍留佐羽林軍」。按千里罷北庭，乃留佐羽林，所遺北庭之職，封常清繼之，是千里留佐羽林之日，即常清兼北庭之日也。千里既以十三載三月授金吾，佐羽林，則常清之兼北庭不得在十二載二月明矣。又《新唐書·方鎮表》，天寶十三載，安西四鎮復兼北庭節度，即指常清言。此亦常清兼北庭在十三載之證。

155

略瀚海軍使，今據《會要》七八補正。舊傳稱「伊西節度等使」者，蓋即包瀚海軍使在內耳。

知公本年始應封常清之辟赴北庭者，其證如次：

一、　十一二載皆有長安詩，十三載以後數年間無之，知十三載已離長安他去。然集中凡及封常清之詩多曰北庭，而常清兼北庭始於十三載，其時公既不在長安，則是因常清之辟而赴北庭明矣。

二、　十三載以前，鎮北庭者為程千里，公詩中無一語及程，知其至北庭不在程千里作鎮之時。繼千里者為封常清，而瓜代之年在十三載。今及封之詩甚多，又多作於北庭，則知公至北庭必自十三載常清初兼北庭始[28]。

三、　十三載以前，安西與北庭分治。若十三載以前已事常清，則當在安西幕中。然詩凡及常清者輒曰北庭，此可證常清未兼北庭時，公不在幕中，其入幕乃自十三載兼北庭時始也。

四、　再以公平生經歷推之，至北庭當在四十以後。集中有北庭作詩曰「可知年四十，猶自未封侯」。

28　〈送劉郎將歸河東〉詩原注曰「參曾北庭事趙中丞」，〈送郭司馬赴伊吾郡請示李明府〉詩原注曰「郭子與趙節度同好」，集中又有〈趙將軍歌〉，似即一人。《方鎮表》，北庭節度無姓趙者。《舊‧高仙芝傳》，討小勃律時，「使疏勒守捉使趙崇玼三千騎趣吐蕃連雲堡自北谷入，使撥換守捉使賈崇瓘自赤佛堂路入」。（《通鑑》乾元元年九月以右羽林大將軍趙玼〔《方鎮表》作泚〕為同蒲虢三州節度使。疑趙崇玼當作趙玼，崇字舊傳誤涉下賈崇瓘而衍。）據本安西將領，或天寶十四載封常清被召入朝後，代為北庭節度者。然此乃十四載後事，不得為十三載前公已至北庭之藉口。

天寶十三載公四十歲，則其赴北庭，至晚當在天寶十三載。

知此次所授官職為「大理評事，攝監察御史，充安西節度判官」者，其證如下，〈優缽羅花歌序〉曰「天寶景申歲（案即丙申，天寶十五載），參忝大理評事，攝監察御史，領伊西北庭支度副使」。杜〈序〉曰「又遷大理評事，兼監察御史，充安西節度判官」。案《新唐書·百官志》，節度使幕屬，有副大使知節度事、行軍司馬、副使、判官、支使、掌書記、巡官、衙推各一人。其兼支度營田討詔經略使者則又有副使、判官各一人。副使位在判官上，則充判官宜在初應辟時，度支副使乃後此升遷之職也。

又案十三載以後，安西節度復兼北庭則公是時所守之職銜，當稱「安西北庭節度判官」，不當但如杜〈序〉所云「安西節度判官」也 [29]。

知五月常清出師西征，六月受降回軍者，〈北庭西郊候封大夫受降回軍獻上〉及〈登北庭北樓呈幕中諸公〉二詩可證。常清十三載入朝，加御史大夫，三月兼北庭，據詩，回軍北庭西郊，又稱「封大夫」[30]，是至早作於十三載，且必在三月以後。又案是年

---

29 據〈赴北庭度隴思家〉及〈登北庭北樓呈幕中諸公〉二詩，知是時節度使治所在北庭，不在安西。（北庭大都護府治庭州，安西大都護府治龜茲。）故必欲省稱，與其省「北庭」，不如省「安西」。揣杜確之意，實為封常清幕判官。是時安西本兼北庭，稱封曰安西節度，即知其為安西兼北庭節度也。然直稱封常清判官則可，謂為安西節度判官則未確。

30 封常清天寶六載加朝散大夫，賴《譜》因以諸稱封大夫詩系於天寶六載後數年，此大謬也。偶拈四證，以實吾說。（一）《漢書·百官公卿表》「御史大夫……掌副（《北堂書鈔》五三引有二字）丞相。」《書鈔》五三引《漢官儀》「高皇帝置御史大夫，位次丞相。」故後世稱御史大夫為副相，或曰亞相。公〈奉陪封大夫九日登高〉詩曰「霜威逐亞相」，〈輪臺歌奉送封大夫出師西征〉曰「亞相勤王甘苦辛」。二詩題並稱大夫而詩曰亞相，則是御史大夫無疑。（高適〈賀哥舒大夫破九曲之作〉曰「遙傳副丞相，昨日破西蕃」，此則唐人御史大夫稱副相之例。）（二）《舊

157

首秋，公已自北庭至輪臺（北庭治庭州，輪臺在庭州西三百二十里），爾後居輪臺時多，今二詩並作於北庭，則當在秋前也。〈候受降回師〉詩曰「大夫討匈奴，前月西出師」，〈登北庭北樓〉詩曰「六月秋風來」，又曰「上將新破胡」，明是役五月出征，六月回師，前與初抵北庭之時，後與去之輪臺之時，皆相銜接矣。又知西征時公在後方者，則候師回於北庭西郊，詩題固已明言之矣。

　　知七月至輪臺者，〈首秋輪臺〉詩可證也。詩曰「輪臺萬里地，無事歷三年」。考公此次在邊，自十三載夏，至至德二載夏，適為三週年。此詩題曰首秋，而至德二載六月已歸至鳳翔，則必作於至德元載之秋。其時在輪臺已歷三年，則本年應已自北庭至輪臺。

　　常清破播仙事，史傳失載，今從公〈輪臺歌奉送封大夫出師西征〉，及〈獻封大夫破播仙凱歌六章〉諸詩考得之。〈輪臺歌〉曰「劍河風急雪片闊，沙口石凍馬蹄脫」，〈凱歌〉曰「蒲海曉霜凝馬尾，蔥山夜雪撲旍竿」，知與前者五月西征非一事。明年十一月，常清被召還京，則破播仙必在本年冬。

唐書・職官志》，「天寶邊將故事加節度使之號，連制數郡，奉辭之日，賜雙節雙旌。」公〈北庭西郊候封大夫受降回軍獻上〉詩曰，「驛馬從西來，雙節夾路馳」，明為節度使之制。常清為節度使後乃加御史大夫，其加朝散大夫，在為節度使前六載。題中大夫二字果指朝散，則詩復言節度使之事可乎？（三）《舊唐書・常清傳》：「天寶六載……[高]仙芝代夫蒙靈詧為安西四鎮節度使，更奏常清為慶王府錄事參軍，充節度判官，賜紫魚袋，加朝散大夫，專知四鎮倉庫屯田甲仗支度營田事。仙芝每出征，常令常清知留後事。」此明言常清為朝散大夫時，不得有出征事。今一則曰「封大夫出師西征」，再則曰「封大夫受降回軍」，此大夫得謂為朝散耶？（四）據《舊唐書・職官志》，朝散大夫，文散官，御史大夫，文職事官。唐世士大夫未聞以散官相呼者，故稱大夫，斷無指朝散之理。此唐人文字中凡稱大夫者皆然，又不特岑公此數詩而已。

天寶十四載乙未（西元七五五）四十一歲

在輪臺，間至北庭。十一月祿山反，主帥封常清被召還京。

〈北庭貽宗學士道別〉詩曰，「忽來輪臺下，相見披心胸。飲酒對春草，彈琴聞夜鐘。」去年春公尚在長安，此言春與宗相見於輪臺，至遲當為本年春。詩又曰「今且還龜茲」，曰「君有賢主將」。龜茲為安西節度使治所，賢主將應指封常清。然本年十一月，常清已入京，則明年春不得仍在安西。此曰還龜茲有賢主將，斷為本年春所作。此本年春公在輪臺之證。然詩曰見宗於輪臺，而題曰北庭，何哉？詩又有「四月猶自寒」之句，蓋春晤宗於輪臺，旋同至北庭，四月宗又自北庭歸龜茲，公因作此詩以道別耳。此則本年公嘗至北庭之證。

肅宗至德元載丙申（西元七五六年）四十二歲

在輪臺，領伊西北庭支度副使。歲晚東歸，次晉昌，酒泉。

領支度副使[31]，見〈優鉢羅花歌序〉。〈首秋輪臺〉詩曰「輪臺萬里地，無事歷三年」，則七月猶在輪臺。至其東歸之時，以〈玉門關蓋將軍歌〉等詩推之，當在本年十二月。《通鑑》至德二載正月，「河西兵馬使蓋庭倫，與武威，九姓商胡安門物等殺節度周佖」。案《元和郡縣志》，玉門關在瓜州晉昌縣東二十步，屬河西節度管內。此蓋將軍在玉門關，當即河西兵馬使蓋

31　戶部郎官稱度支，各道節度使屬僚之判官當稱支度，二名各不相混，說詳錢大昕《十駕齋養新錄》十。《岑集·優鉢羅花歌序》稱「度支副使」，必傳寫誤倒，今校正。

庭倫也³²。公本年始領伊西北庭支度副使，詩曰「我來塞外按邊儲」，是至早當作於本年。詩又曰「暖屋繡簾紅地爐，臘日射殺千年狐」，明年六月已歸鳳翔，則詩必本年臘日所作。詩既作於本年，而蓋庭倫本年適在河西，則蓋將軍為庭倫益無疑矣。本年臘日忽在晉昌，必東歸途次於此。知臘日歸次晉昌，則知〈過酒泉憶杜陵別業〉詩曰「醉裡愁消日，歸期尚隔年」，〈玉門寄長安李主簿〉詩曰「況復明朝是歲除」（此玉門乃玉門縣；《元和郡縣志》，玉門縣屬肅州酒泉郡，東至州二百二十里），與〈蓋將軍歌〉皆同月所作而略後，蓋臘日次晉昌，除夕次酒泉也。

▍至德二載丁酉（西元七五七年）四十三歲

　　二月，肅宗幸鳳翔，公亦旋至。六月十二日，杜甫等五人薦公可備諫職，詔即以公為右補闕。十月，扈從肅宗還長安。

　　去歲除夕途次酒泉，計本年正月已到家。唯自去年六月長安失陷，其家人或留長安，或避地他徙，概不可知。肅宗二月幸鳳翔，杜甫薦狀署六月十二日，是公至鳳翔，當在二月後六月前。〈行軍詩二首〉、〈鳳翔府行軍送程使君赴成州〉、〈宿岐

32　明正德濟南刊本《岑集》於〈蓋將軍歌〉下注曰「即蓋嘉運」，影響之說，謬孰甚焉。考蓋嘉運二史皆不立傳。《新唐書·方鎮表》，自開元二十三年至二十八年，蓋嘉運為安西四鎮節度使。又考之《通鑑》：開元二十四年北庭都護蓋嘉運破突騎施；開元二十六年命磧西節度使蓋嘉運招集突騎施拔汗那以西諸國；開元二十七年磧西節度蓋嘉運擒突騎施可汗吐火仙；開元二十八年蓋嘉運入朝獻捷，改河西隴右節度使；開元二十九年蓋嘉運御吐蕃無功。所紀至此戛然而止。蓋開元二十九年以後，嘉運或因兵敗免官，或內調，或陣亡，要不復為邊疆鎮將可知也。又檢《通典》「瀚海軍開元中蓋嘉運增築」，《會要》「開元中安西都護蓋嘉運撰《西域記》」，諸書凡及嘉運者，亦無不曰開元，此亦天寶改元後，嘉運不在西陲之驗。天寶以後蓋嘉運既不在西陲；而天寶以前公又未嘗涉足塞外，則與公相遇於玉門關之蓋將軍，必非嘉運矣。

州北郭嚴給事別業〉、〈行軍九日思長安故園〉諸詩，皆作於鳳翔，然皆在拜補闕以後，則初來鳳翔，又似去拜官前未久也。

杜甫薦狀，見存《杜集》中。其餘連署者，為左拾遺裴薦、右拾遺孟昌浩、魏齊聃、左補闕韋少遊等四人。狀前於公結銜稱「宣議郎試大理評事，攝監察御史賜緋魚袋」。狀中有「臣等竊見，岑參識度清遠，議論雅正，佳名早上，時輩所仰」等語。杜〈序〉云「入為右補闕」，與公〈西掖省即事〉諸詩及杜甫〈奉答岑參補闕見贈〉詩「君隨丞相後」之句併合。十月，肅宗還長安，公既為朝臣，理當扈從還京。

▎乾元元年戊戌（西元七五八年）四十四歲

在長安。時杜甫、王維、賈至等並為兩省僚友，倡和甚盛。

〈和賈至早朝大明宮〉、〈寄左省杜拾遺〉、〈送許拾遺歸江寧拜親〉（杜甫同賦）並本年春夏所作。

▎乾元二年己亥（西元七五九年）四十五歲

在長安。三月轉起居舍人。四月署虢州長史，五月之官。是秋，杜甫自秦州寄詩問訊。

〈佐郡思舊遊詩序〉曰，「己亥歲春三月，參自補闕轉起居舍人，夏四月署虢州長史。」[33] 杜〈序〉曰，「入為右補闕，頻上封章，指述權倖，改起居郎，尋出虢州長史。」案《六典》九，起

33　《太平御覽》九五七，「乾元中虢州刺史王奇光奏閿鄉縣界女媧墳，天寶十三載大雨晦冥，失所在，今河上側近忽聞雷風聲，曉見墳踊出……」二史《五行志》並載此事在乾元二年六月，則公為長史時，虢州刺史乃王奇光也。

居郎屬門下省，起居舍人與右補闕並屬中書省。公自右補闕當轉起居舍人，同為中書省（亦稱右省）官也。杜稱起居郎者誤。

知五月始到官所者，〈出關經華岳寺訪法華雲公〉詩曰，「謫宦忽東走，王程苦相仍」，又曰「五月山雨熱」，則是五月始出關之任也。

杜甫有〈寄彭州高三十五使君適虢州岑二十七長史參三十韻〉詩，乾元二年秋作於秦州。

上元元年庚子（西元七六〇年）四十六歲

在虢州。

上元二年辛丑（西元七六一年）四十七歲

在虢州。

〈虢州送鄭興宗弟歸扶風別廬〉詩曰「佐郡已三載」。自乾元二年至本年為三年，故知本年猶在虢州。

代宗寶應元年壬寅（西元七六二年）四十八歲

改太子中允，至遲在本年春。旋兼殿中侍御史，充關西節度判官。十月，天下兵馬元帥雍王適（即德宗）會師陝州，討史朝義，以公為掌書記。入為祠部員外郎，疑在本年冬。

杜〈序〉：「又改太子中允，兼殿中侍御史，充關西節度判官。聖上潛龍藩邸[34]，總戎陝服，參佐僚吏，皆一時之選，由是

34　杜確卒於貞元時，序曰「聖上」，應指德宗。《全唐詩》岑參小傳以為代宗，謬甚。

委公以書奏之任。」案杜甫有〈送魏十八倉曹還京因寄岑郎中參范郎中季明〉詩曰「帝鄉愁緒外，春色淚痕邊」。公去年春在虢州，明年春應已改考功員外郎，此詩稱中允，又稱春色，則改中允至遲在本年春。又杜詩稱中允而不稱侍御或判官，則兼侍御充判官當在改中允後。杜〈序〉並為一事，恐未確。

《新唐書·方鎮表》一，上元二年，華州置鎮國節度，亦曰關東節度，廣德元年，鎮國節度使李懷讓自殺，罷鎮國節度，置同華節度使。案鎮國節度治華州，乃潼關之西，宜稱關西節度，表作關東，疑為字訛。公有〈潼關鎮國軍句覆使院早春寄王同州〉、〈潼關使院懷王七季友〉二詩，蓋即為關西節度判官時所作。〈寄王同州〉詩曰「昨從關東來」，謂自虢州來也。關西節度去年始置，而〈寄王同州〉詩題曰早春，則初入使幕在本年早春，蓋改中允後，旋即兼侍御為關西判官也。〈懷王季友〉詩曰「滿目徒春華」，則亦本年春所作。

《新唐書·百官志》，天下兵馬元帥幕屬有掌書記一人，杜〈序〉所謂委以書奏之任，蓋即此官。

杜〈序〉又云「入為祠部考功二員外郎」。石刻《郎官石柱題名》，祠部員外郎有岑參。案拜祠部員外郎，不知在何時，姑以意定為本年十月雍王收東京河陽汴鄭滑相魏等州後。〈秋夕讀書幽興獻兵部李侍郎〉詩曰「年紀蹉跎四十強，自憐頭白始為郎」。本年四十八歲，詩蓋即作於此時。

廣德元年癸卯（西元七六三年）四十九歲

在長安。改考功員外郎，疑在本年。

本年正月劉晏同中書門下平章事，明年正月罷。公有〈劉相公中書江山畫障〉詩，此本年在京師之證一也。《舊唐書·代宗紀》，廣德元年十月[35]，以京兆尹兼吏部侍郎嚴武為黃門侍郎。公有〈暮秋會嚴京兆後廳竹齋〉詩曰「能將吏部鏡，照取寸心知」，則此嚴京兆即武也。去年六月以劉晏為京兆尹，本年正月晏同中書門下平章事，武代為京兆尹。武以本年正月為京兆尹，十月遷黃門，則公詩題曰「暮秋會嚴京兆後廳竹齋」者，正謂本年暮秋。此本年公在京師之證二也。

改考功員外郎年月無考。明年當以轉虞部中，則改考功或在本年。

廣德二年甲辰（西元七六四年）五十歲

在長安。轉虞部郎中。

《舊唐書》一一〇〈李光弼傳〉「代宗還京二年正月……以光進為太子太保，兼御史大夫，涼國公，渭北節度使」，公有〈奉送李太保兼御史大夫充渭北節度使詩〉，原注「即太尉光弼弟」。《通鑑》廣德二年正月，劍門東西川以黃門侍郎嚴武為節度使，公有〈送嚴黃門拜御史大夫再鎮蜀川兼觀省詩〉。本年正月二十五日，第五琦奏諸道置常平倉，使司量置本錢和糴，

許之，（見《舊唐書·代宗紀》，《新唐書·食貨志》及《會要》八八）公有〈送許員外江外置常平倉詩〉。此可證本年正月公在長安。《新唐書·代宗紀》、《通鑑》，並云本年三月甲子盛王琦薨，公有〈盛王輓歌〉[36]。《通鑑》廣德二年三月，太子賓客劉晏為河南江淮以來轉運使，疏濬汴水，公有〈送張祕書充劉相公通汴河判官便赴江外觀省〉詩[37]。此可證本年三月公在長安。〈舊代宗紀〉，廣德二年十月，河南尹蘇震薨，公有〈故河南尹岐國公贈工部尚書蘇公輓歌二首〉。此可證本年十月公在京師。

杜〈序〉於「入為祠部考功二員外郎」後云「轉虞部庫部二正郎」。案轉虞部郎中不知在何年月，今據〈送祁四再赴江南別詩〉，定為本年。祁四即畫家祁岳[38]。于邵〈送家令祁丞序〉，稱善畫能詩，別家令丞即祁岳。序曰「去年八月，閩越納貢，而吾子實董斯役，水陸萬里，寒暄浹年。三江五湖，復然復遊。遠與為別，故人何情？虞部郎中岑公贈詩一篇，情言兼至，當時之絕也」。案岑公所贈詩當即〈再送祁四赴江南別詩〉，「三江五湖，復然復遊」即「再赴江南」也。《舊唐書》一八八〈于邵傳〉，「轉巴州刺史，夷獠圍州掠眾，邵與賊約，出城受降而圍解。節度使李抱玉以聞，超遷梓州，以疾不至，遷兵部郎中。」《舊唐書》

---

36 諸本咸誤作成王。成王乃代宗居藩邸時封號。
37 本年正月，劉晏已罷知政事，此曰劉相公者，蓋襲稱舊銜以尊之。唐人詩文，不乏此例。
38 杜甫〈奉先劉少府新畫山水障歌〉曰「豈但祁岳與鄭虔，筆跡遠過楊契丹」。朱景玄《名畫錄》「空有其名，不見蹤跡二十五人」有祁岳，在李國垣下。公有〈送祁樂歸河東詩〉曰「有時忽乘興，畫出江上峰」，岳作樂，或傳寫之訛。詩又云「天子召不見，揮鞭遂從戎」，而集又有〈臨洮客舍留別祁四詩〉，故知祁岳行四也。

一八三〈李抱玉傳〉,「廣德元年冬,兼山南西節度使」,則其表奏于邵受降解圍。及邵辭梓州,遷兵部事,至早當在本年。本年于邵始至京師,序稱公為虞部郎中,則本年公已轉此官矣。

▌永泰元年乙巳（西元七六五年）五十一歲

在長安。轉庫部郎中疑在本年。十一月,出為嘉州刺史,因蜀中亂,行至梁州而還。

獨孤及有〈同岑郎中屯田韋員外花樹歌〉,公原唱〈韋員外家花樹歌〉今在集中[39]。《新唐書》一六二〈獨孤及傳〉,「天寶末以道舉高第,補華陰尉,辟江淮都統李垣府掌書記[40]。代宗以左拾遺召,既至,上疏陳政。」《通鑑》載上疏事在永泰元年三月。李嘉祐〈送獨孤拾遺先輩先赴上都〉詩曰「行春日已曉,桂楫逐寒煙」,又曰「入京當獻賦,封事又聞天」。據此,及入京在春日,則是永泰元年春,甫至京師,即上疏也。既知獨孤及本年春始至長安,而明年春,公又已入蜀,則〈花樹歌〉之作斷在本年春矣。公又有〈送盧郎中除杭州赴任〉詩。案李華〈杭州刺史廳壁記〉,「詔以兵部郎中范陽盧公幼平為,麾幢戾止,未逾三月,降者遷忠義,歸者喜生育」,末云「永泰元年七月二十五日記」[41]。公詩之盧郎中當即幼平。詩曰「千家窺驛舫,

---

39　盧綸有〈同耿諱司空曙二拾遺題韋員外東齋花樹〉詩,乃五言近體,似非同賦。

40　獨孤及有〈癸卯歲赴南豐道中聞京師失守寄權士繇韓幼深〉詩。癸卯為廣德元年,時及方赴南豐,知廣德元年以後,及不在京師,蓋至永泰元年始被召入朝耳。

41　《新唐書·宰相世系表》三,大房盧氏,暄子沄,杭州刺史,弟幼平,太子賓客。據李華所記,則表於二人歷官互誤。《吳興志》云寶應三年,幼平自杭州刺史授湖州刺史,《統紀》作永泰元年,按寶應無三年,《統紀》是也。（見勞格《讀書雜識》

五馬飲春湖。柳色供詩用，鶯聲送酒須」，此所紀幼平出京時物候，明為暮春。李記作於七月，而曰「麾幢戾止，未逾三月」，是幼平至杭州時為四月。三月出京，四月到杭，詩與記紀時正合，則亦作於永泰元年矣。二詩皆本年春在長安作，此本年春公在長安之證。《舊唐書·代宗紀》，永泰元年四月，太保致仕苗晉卿薨，公有〈苗侍中輓歌二首〉。此本年四月公在長安之證。《通鑑》永泰元年五月，以右僕射郭英乂為劍南節度使，公有〈送郭僕射節制劍南〉詩。此本年五月，公在長安之證。轉庫部郎中歲月無徵。去年〈再送祁四赴江南別詩〉有云「山驛秋雲冷」，據于邵序，公作是詩時尚為虞部。則轉庫部，當在去年秋後，本年十一月出刺嘉州以前。今姑繫於本年。

知本年十月出刺嘉州者，〈酬成少尹駱谷行見呈〉諸詩可證。〈酬成〉詩曰「憶昨蓬萊宮，新授刺史符。……何幸承命日，得與夫子俱。攜手出華省，連鑣赴長途。五馬當路嘶，按節投蜀都」，知公與成同日受命，且同行入蜀也。獨孤及送〈成少尹赴蜀序〉曰：「歲次乙巳，定襄郡王英乂出鎮庸蜀，謀亞尹。僉曰，『左司郎中成公可。溫良而文，貞固能幹，力足以參大略，弼成務。』既條奏，詔曰，『俞往』。公朝受命而夕撰日。卜十一月癸巳出車吉。」[42] 據此，則公實以本年十一月被命，即以

七，〈杭州刺史考〉。）

42 石刻《郎官石柱題名》，左司郎中有成賁。《文苑英華》五三四有成賁〈對夷攻蠻假道判〉。此成少尹即賁也。公又〈與鮮于庶子自梓州成都（此下疑奪成字）少尹自褒城同行至利州道中作〉、〈漢川山行呈成少尹〉二詩，〈和刑部成員外秋夜寓直寄臺省知己〉詩之成員外，疑亦即此人。

同月之官，故其〈酬成〉詩又曰「飛雪縮馬毛，烈風掰我膚」，而〈赴嘉州過城固縣尋永安超禪師房詩〉亦曰「滿樹枇杷冬著花」，「漢王城北雪初霽」耳。（城固縣屬梁州）

‖ 大曆元年丙午（西元七六六年）五十二歲

歲初在長安。二月，杜鴻漸為山南西道劍南東西川副元帥，劍南西川節度使，平蜀亂，表公職方郎中，兼殿中侍御史，列置幕府，同入蜀。自春徂夏，留滯梁州，四月至益昌，六月入劍門，七月抵成都。

史稱鴻漸二月受命，八月始至蜀境。杜〈序〉「副元帥相國杜公鴻漸，表公職方郎中，兼侍御史，列為幕府。」據郎士元〈和杜相公益昌路作〉詩「春半梁山正落花，臺衡受律向天涯」句，及錢起〈賦得青城山歌送楊杜二郎中赴蜀軍〉詩「綠蘿春月營門近」句，知鴻漸等二月實已就道。公有〈奉和杜相公初發京城作〉詩曰「叨陪幕中客，敢和〈出車〉詩」，似公與鴻漸同行。二月與鴻漸同發京師，故知公本年歲初在長安。

《舊唐書》一二二〈張獻誠傳〉「三遷檢校工部尚書，兼梁州刺史」，又〈代宗紀〉，永泰元年正月，「山南西道節度使張獻誠加檢校工部尚書」。公有〈過梁州奉贈張尚書大夫公〉詩，即張獻誠也。詩曰「行春雨仍隨」，曰「春景透高戟」。獻誠去年正月始加工部尚書，而去年春公未離長安，若明年春則已至成都，故此詩必本年春日入蜀過梁州時作。又有〈梁州陪趙行軍龍岡寺北庭（庭字疑誤）泛舟〉詩，曰「唱歌江鳥沒，吹笛岸

花香」，亦是春景，此並〈龍岡寺泛舟〉詩，疑皆本年所作。他若〈梁州對雨懷麴二秀才便呈麴大判官時病贈余新詩〉首曰「當暑涼幽齋」，則時已入夏。〈早發五盤嶺〉詩曰「松疏露孤驛，花密藏回灘。棧道溪雨滑，畬田原草乾」，景物與前〈梁州對雨詩〉彷彿，蓋自梁州南行道中作也。詩又曰「此行為知己，不覺蜀道難」，知己即謂杜鴻漸[43]，此亦公與鴻漸同行入蜀之證。又有〈與鮮於庶子自梓州成都少尹自褒城同行至利州道中作〉詩，曰「前日登七盤，曠然見三巴」。又曰「水種新插秧，山田正燒畬，夜猿嘯山雨，曙鳥鳴江花」。五盤嶺一名七盤，此曰「前日登七盤」，即前詩發五盤嶺也。至二詩所敘景物，尤無一不合。此行目的地為利州，利州即益昌，杜鴻漸嘗駐節於此（〈奉和杜相公發益昌〉詩可證），是亦與鴻漸同入蜀之一證。〈和杜發益昌〉詩曰「朝登劍閣雲隨馬，夜渡巴江雨洗兵。山花萬朵迎征蓋，川柳千條拂去旌」，仍似初夏物候，故定四月至益昌。至〈入劍門作寄杜楊二郎中時二公並為杜元帥判官〉詩曰「凜凜三伏寒」，則六月始入劍門也。

　　知七月抵成都者，〈陪狄員外早秋登府西樓因呈院中諸公〉詩可證。詩曰「常愛張儀樓，西山正相當」，知題中府字謂成都府也。杜鴻漸本年至成都，明年四月入朝。詩曰「亞相自登壇[44]，時危安此方。聲威振蠻貊，惠化鍾華陽。旌節羅廣庭，戈

43　〈陪狄員外早秋登府西樓因呈院中諸公〉詩曰「知己猶未報，鬢毛颯已霜」。亦謂鴻漸。

44　鴻漸本已為宰相，而此曰亞相者，專指其御史大夫之職而言。登壇則謂副元帥也。

鋌凜秋霜。階下貙虎士，幕中鵷鷺行」。明鴻漸尚在成都，則此早秋謂本年七月也。史稱八月鴻漸至蜀境，失之誣矣。

▌大曆二年丁未（西元七六七年）五十三歲

四月，杜鴻漸入朝奏事，以崔寧知西川留後。六月，鴻漸至京師，薦寧才堪寄任，上乃留鴻漸復知政事，使職遂罷。是月，公始赴嘉州刺史任。

〈早春陪崔中丞同泛浣花溪宴〉詩[45]之崔中丞當即崔寧。公去年秋始至成都，明年在嘉州，此日早春，宜為本年之早春。〈江上春嘆〉詩曰「憶得故園時」，此江當指蜀江，詩曰「從人覓顏色」，乃居幕府時語氣，非任郡守時也，故知此言春日亦本年春。〈送崔員外入奏因訪故園〉詩有巴山漢水等語，明在蜀中，又曰「仙郎去得意，亞相正承恩」，知崔乃為杜鴻漸入奏，詩當作於本年四月鴻漸未還朝以前。此上三詩皆本年春作於成都，可證本年春猶未赴嘉州也。〈送趙侍御歸上都〉詩曰「霜隨驅夏暑，風逐振江濤」，江濤應指蜀江。此亦成都詩，作於本年夏者也。〈過王判官西津所居〉詩曰「潛移岷山石，暗引巴江流」，明在蜀中。詩又曰「落日出公堂」。節度使幕有判官，出公堂，出使院也。此亦當為成都詩，其曰「竹深夏已秋」者，則夏令向盡

45　此首亦見《全唐詩》張謂集內。據見存關於張謂之記載，無入蜀事，而浣花溪在成都，則此詩不得為張謂作矣。且崔寧加御史中丞，宜在大曆改元後，然大曆三年張謂方自禮部侍郎出刺潭州，（《唐詩紀事》引《長沙風土記》云「巨唐八葉，元聖六載，謫待罪江東」，正為大曆三年。）是寧為御史中丞時，謂在京師，在潭州，二人安得有同泛浣花溪之事？據此，詩非謂所作益無疑矣。

而秋未遽至，時在六月也 [46]。以上二詩地在成都，而時當夏月，可證本年夏猶未赴嘉州也。

然〈赴犍為經龍閣道〉曰「汗流出鳥道，膽碎窺龍渦。驟雨暗溪口，歸雲網松蘿」，〈江上阻風雨〉曰，「雲低岸花掩，水漲灘草沒」，〈初至犍為作〉曰，「草生公府靜，花落訟庭閒。雲雨連三峽，風塵到百蠻」，皆似夏日景物，而〈登嘉州凌雲寺作〉曰「夏日寒颼颼」，則既抵嘉州，仍在夏日。（前三詩皆言雲雨，〈凌雲寺〉詩亦曰「迴風吹虎穴，片雨當龍湫，僧房雲濛濛」，故知四詩時日最相近。）前在成都時已是盛夏，今至犍為，仍云夏月，則發成都，抵犍為，並在六月矣。蓋杜鴻漸本年六月，復知政事，罷使職，於是幕府解散，而公亦得離成都赴嘉州之任耳。

大曆三年戊申（西元七六八年）五十四歲

在嘉州。七月，罷官東歸，至戎州，阻群盜，淹泊瀘口。久之乃改計北行，遂卻至成都。

〈阻戎瀘間群盜〉詩原注「戊申歲，余罷官東歸」，〈東歸發犍為至泥溪舟中作〉詩曰「七月江水大，滄波滿秋空」，知罷官東歸在本年七月也。〈阻戎瀘間群盜〉詩注又曰「屬斷江路，時淹泊戎州」，詩曰「帝鄉北近日，瀘口南連蠻。何當遇長房，縮地到京關」，則是旅泊於瀘口。按《通鑑》，大曆三年四月，崔寧入朝，以弟寬為留後，瀘州刺史楊子琳帥精騎數千乘虛突入成都。寬與子琳戰，數不利。七月，崔寧妾任氏出家財數十萬

46　詩意謂竹中清涼，雖當夏日，儼有秋意，非謂已入秋序也。

募兵，得數千人，帥以擊子琳，破之。子琳走。公七月罷官歸家，不由成都出劍門北上，而取江路東行者，蓋因其時成都戰氛未息，或甫息而秩序尚未恢復耳。《通鑑》又稱楊子琳既敗，還瀘州，招聚亡命，得數千人，沿江東下，聲言入朝[47]。子琳兵敗，退還瀘州，公此行若取道成都，則難免與潰卒相遇於途中。然泊公既至戎瀘間，而群盜復起[48]，江路亦斷，淹泊江幹，既非長策，則不得不卻回成都，仍取陸路北歸。明年又有成都詩，可證其回至成都矣。

　　然公旅泊巴南似為時頗久。〈青山峽口泊舟懷狄侍御〉詩曰「往來巴山道，三見秋草凋」。自大曆元年初秋入蜀至本年秋為三年，則詩當為本年所作。詩又曰「九月蘆花新，彌令客心焦」，則本年九月猶在巴南也。又〈楚（當為秋字之訛）夕遊泊古興〉曰「秋風冷蕭瑟，蘆荻花紛紛」，〈晚發五渡〉曰「蘆花雜渚田」，〈下外江懷終南舊居〉曰「水宿已淹時，蘆花白如雪」，諸篇並言蘆花，與〈青山峽口〉詩同，當屬一時所作。意九月尚未回至成都也。

┃大曆四年己酉（西元七六九年）五十五歲

　　旅寓成都。〈招北客文〉疑作於本年。

　　〈西蜀旅舍春嘆寄朝中故人呈狄評事〉詩題曰「旅舍」，則非佐幕時，亦非守郡時，此當為本年春作，杜〈序〉所云「無幾使

47　此《通鑑》大曆四年二月文，然實追敘前年初敗時事，至下擊王守仙，殺張忠云云，乃大曆四年事。

48　群盜或即指楊子琳。

罷[49]，寓居於蜀」者是也。然他篇（〈阻戎瀘間群盜〉）曰「罷官自南蜀」，指嘉州，此曰「西蜀旅舍」則當指成都，故知本年春已至成都。詩曰「吾將稅歸鞅，舊國如咫尺」，則意欲取陸路北歸之明證。〈送綿州李司馬秩滿歸京因呈李兵部〉詩曰「久客厭江月，罷官思早歸。眼看春光老，羞見梨花飛」，似亦本年春作於成都。〈客舍悲秋有懷兩省舊遊呈幕中諸公〉詩曰「三度為郎已白頭，一從出守五經秋」，自永泰元年出守，至本年為五年。題曰幕中諸公，則與前詩曰「西蜀旅舍」者正合。據此，則本年秋公仍在成都。

杜〈序〉「旅軫有日，犯軷俟時，吉往凶歸，嗚呼不祿。」唐李歸一《王屋山志》及《唐詩紀事》並云「中原多故，卒死於蜀」。然據《舊唐書‧代宗紀》，本年十二月戊戌，左僕射冀國公裴冕薨，公有〈故僕射裴公輓歌三首〉，則本年十二月，公猶健在也。

杜〈序〉「時西川節度因辭受職，本非朝旨。其部統之內，文武衣冠，附會阿諛，以求自結，皆曰中原多故，劍外少（疑當作小）康，可以庇躬，無暇向闕，公乃著〈招蜀客歸〉一篇，申明逆順之理，抑挫佞邪之計。有識者感嘆，奸謀者慚沮，播德澤於梁益，暢皇風於邛僰」，案《文苑英華》有岑參〈招北客文〉，即杜所云〈招蜀客歸〉也。《北夢瑣言》引「千歲老蛟」數句，亦作岑參。《文粹》三十三錄〈招北客文〉作獨孤及撰，後人遂以為岑作〈招蜀客歸〉別為一文，今佚，其實非也。公

49　此謂罷嘉州刺史。刺史亦稱使君，故曰使罷。

〈峨眉東腳臨江聽猿懷二室舊廬〉詩曰「哀猿不可聽，北客欲流涕」，〈巴南舟中思陸渾別業〉詩曰「瀘水南州遠，巴山北客稀」，公詩屢用北客字，則文題當以招北客歸為正，杜確誤憶，題為〈招蜀客歸〉，後世因之，遂多異說。

姚鉉以為獨孤及作，不知何據。今趙懷玉刊本《毗陵集》實無此篇，唯補遺有之，云錄自《文粹》，則以此文為獨孤及作，《文粹》而外，亦別無佐證也。文末曰「蜀之北兮可以往，北客歸去來兮」，亦自述其將出劍門北歸長安之意，此與本年〈西蜀旅舍春嘆詩〉「吾將稅歸軫，舊國如咫尺」之語正合。

▌大曆五年庚戌（西元七七〇年）五十六歲

正月，卒於成都旅舍。

公詩歲月可考者，止於去年十二月之〈故僕射裴公輓歌〉。賴《譜》據杜甫〈追酬故高蜀州人日見寄〉詩序云，「今海內忘形故人，獨漢中王瑀與昭州敬使君超先」，詩作於大曆五年正月二十一日，而稱海內忘形故人，不及岑公，必其時公已逝世。案此說甚是，杜詩作於本年正月二十一日，則公之卒，當在正月二十一日以前[50]。

50　賴《譜》定公卒於大曆四年，此因不知〈裴公輓歌〉作於四年十二月而致誤。賴又假定杜〈序〉作於貞元十五年（西元七九九年），云自彼年逆數至大曆四年為三十年，與序中「歲月逾邁，殆三十年」之語，所差甚微。今案序是否作於貞元十五年，尚屬疑問。假設不誤，則貞元十五年上距大曆五年為二十九年，與序中「殆三十年」之語，不更合符節乎？故賴君此證，施於大曆四年之說，轉不若施於大曆五年之說為有力矣。

杜甫

◖ 引言 ◗

明呂坤曰:「史在天地,如形之景。人皆思其高曾也,皆願睹其景。至於文儒之士,其思書契以降之古人,盡若是已矣。」數千年來的祖宗,我們聽見過他們的名字,他們生平的梗概,我們彷彿也知道一點,但是他們的容貌、聲音,他們的性情,思想,他們心靈中的種種隱祕 —— 歡樂和悲哀,神聖的企望,莊嚴的憤慨,以及可笑亦復可愛的弱點或怪癖……我們全是茫然。我們要追念,追念的對象在哪裡?要仰慕,仰慕的目標是什麼?要崇拜,向誰施禮?假如我們是肖子肖孫,我們該怎樣的悲坳,怎樣的心焦!

看不見祖宗的肖像,便將夢魂中迷離恍惚的,捕風捉影,攀擬出來,聊當瞻拜的對象 —— 那也是沒有辦法的慰情的辦法。我給詩人杜甫繪這幅小照,是不自量,是瀆褻神聖,我都承認。因此工作開始了,馬上又擱下了。一擱擱了三年,依然死不下心去,還要賡續,不為別的,只還是不奈何那一點「思其高曾,願睹其景」的苦衷罷了。

像我這回捐起的工作,本來應該包括兩層步驟,第一是分析,第二是綜合。近來某某考證,某某研究,分析的工作做的不少了;關於杜甫,這類的工作,據我知道的卻沒有十分特出的成績。我自己在這裡偶爾雖有些零星的補充,但是,我承認,也不是什麼大發現。我這次簡直是跳過了第一步,來逕直做第二步;這樣做法,是不會有好結果的,自己也明白。好在這只是初稿,

只要那「思其高曾，願睹其景」的心情不變，永遠那樣的策勵我，橫豎以後還可以隨時蒐羅，隨時拼補。目下我絕不敢說，這是真正的杜甫，我只說是我個人想像中的「詩聖」。

我們的生活如今真是太放縱了，太誇妄了，太杳小了，太齷齪了。因此我不能忘記杜甫；有個時期，華茨華斯也不能忘記彌爾敦，他喊 ——

Milton! thou shouldst be living at this hour:
England hath need of thee: she is a fen
Of stagnant waters: altar, sword, and pen,
Fireside, the heroic wealth of hall and bower,
Have forfeited their ancient English dower
Of inward happiness. We are selfish men;
Oh! raise us up, return to us again;
And give us manners, virtue, freedom, power.

當中一個雄壯的女子跳舞。四面圍滿了人山人海的看客。內中有一個四齡童子，許是騎在爸爸肩上，歪著小脖子，看那舞女的手腳和丈長的彩帛漸漸搖起花來了，看著，看著，他也不覺眉飛目舞，彷彿很能領略其間的妙緒。他是從鞏縣特地趕到郾城來看跳舞的。這一回經驗定給了他很深的印象。下面一段是他幾十年後的回憶：

爥如羿射九日落，矯如群帝驂龍翔。來如雷霆收震怒，罷如江海凝清光。

舞女是當代名滿天下的公孫大娘。四歲的看客後來便成為中國有史以來第一個大詩人，四千年文化中最莊嚴、最瑰麗、最永久的一道光彩。四歲時看的東西，過了五十多年，還能留下那樣活躍的印象，公孫大娘的藝術之神妙，可以想見，然而小看客的感受力，也就非凡了。

杜甫，字子美；生於唐睿宗先天元年（西元七一二年）；原籍襄陽，曾祖依藝作河南鞏縣縣令，便在鞏縣住家了。子美幼時的事蹟，我們不大知道。我們知道的，是他母親死得早，他小時是寄養在姑母家裡。他自小就多病。有一天可叫姑母為難了。兒子和姪兒都病著，據女巫說，要病好，病人非睡在東南角的床上不可；但是東南角的床鋪只有一張，病人卻有兩個。老太太居然下了決心，把姪兒安頓在吉利的地方，叫自家的兒子填了姪兒的空子。想不到決心下了，結果就來了。子美長大了，聽見老家人講姑母如何讓表兄給他替了死，他一輩子覺得對不起姑母。

早慧不算稀奇；早慧的詩人尤其多著。只怕很少的詩人開筆開得像我們詩人那樣有重大的意義。子美第一次破口歌頌的，不是什麼凡物。這「七齡思即壯，開口詠鳳凰」的小詩人，可以說，詠的便是他自己。禽族裡再沒有比鳳凰善鳴的，詩國裡也沒有比杜甫更會唱的。鳳凰是禽中之王，杜甫是詩中之

聖，詠鳳凰簡直是詩人自占的預言。從此以後，他便常常以鳳凰自比；（〈鳳凰臺〉、〈赤鳳行〉便是最明白的表示。）這種比擬，從現今這開明的時代看去，倒有一種特別恰當的地方。因為談論到這偉大的人格，偉大的天才，誰不感覺尋常文字的無效？不，無效的還不只文字，你只顧嘔盡心血來懸擬、揣測，總歸是隔膜，那超人的靈府中的祕密，他的心情，他的思路，像宇宙的謎語一樣，絕不是尋常的腦筋所能猜透的。你只懂得你能懂的東西；因此，談到杜甫，只好拿不可思議的比不可思議的。鳳凰你知道是神話，是子虛，是不可能的。可是杜甫那偉大的人格，偉大的天才，你定神一想，可不是太偉大了，偉大得可疑嗎？上下數千年沒有第二個杜甫，（李白有他的天才，沒有他的人格。）你敢信杜甫的存在絕對可靠嗎？一切的神靈和類似神靈的人物都有人疑過，荷馬有人疑過，莎士比亞有人疑過，杜甫失了被疑的資格，只因文獻、史蹟，種種不容抵賴的鐵證，一五一十，都在我們手裡。

　　子美自弱冠以後，直到老死，在四方奔波的時候多，安心求學的機會很少。若不是從小用過一番苦功，這詩人的學力那得如此的雄厚？生在書香門第，家境即使貧寒，祖藏的書籍總還夠他饜飫的。從七八歲到弱冠的期間中，我們想像子美的生活，最主要的，不外作詩，作賦，讀書，寫擘窠大字……無論如何，閒遊的日子總占少數（從七歲以後，據他自稱，四十年中做了一千多首詩文；一千多首作品是要時候作的）。並且多

病的身體當不起劇烈的戶外生活，讀書學文便自然成了唯一的消遣。他的思想成熟得特別早，一半固由於天賦，一半大概也是孤僻的書齋生活釀成的。在書齋裡，他自有他的世界。他的世界是時間構成的；沿著時間的航線，上下三四千年，來往的飛翔，他沿路看見的都是聖賢、豪傑、忠臣、孝子、騷人，逸士——都是魁梧奇偉、溫馨淒豔的靈魂。久而久之，他定覺得那些莊嚴燦爛的姓名，和生人一般的實在，而且漸漸活現起來了，於是他看得見古人行動的姿態，聽得到古人歌哭的聲音。甚至他們還和他揖讓周旋，上下議論；他成了他們其間的一員。於是他只覺得自己和尋常的少年不同，他幾乎是歷史中的人物，他和古人的關係比和今人的關係密切多了。他是在時間裡，不是在空間裡活著。他為什麼不那樣想呢？這些古人不是在他心靈裡活動、血脈裡運行嗎？他的身體不是從這些古人的身體分泌出來的嗎？是的，那政事、武功、學術震耀一時的儒將杜預便是他的十三世祖；那宣言「吾文章當得屈宋作衙官，吾筆當得王羲之北面」的著名詩人杜審言，便是他的祖父；他的叔父杜升是個為報父仇而殺身的十三歲的孝子；他的外祖母便是張說所稱的那為監牢中的父親「菲屨布衣，往來供饋，徒行悴色，傷動人倫」的孝女；他外祖母的兄弟，崔行芳，曾經要求給二哥代死，沒有詔准，就同哥哥一起就刑了，當時稱為「死悌」。你看他自己家裡，同外家裡，事業、文章、孝行、友愛——立德、立功、立言的人物這樣多；他翻開近代的史

乘，等於翻開自己的家譜。這樣讀書，對於一個青年的身心，潛移默化的影響，定是不可限量的。難怪一般的少年，他瞧不上眼。他是一個貴族，不但在族望上，便論德行和智慧，他知道，也應該高人一等。所以他的朋友，除了書本裡的古人，就是幾個有文名的老前輩。要他同一般行輩相等的庸夫俗子混在一起，是辦不到的。看看這一段文字，便可想見當時那不可一世的氣概：

性豪業嗜酒，嫉惡懷剛腸；脫略小時輩，結交皆老蒼；飲酣視八極，俗物皆茫茫。

子美所以有這種抱負，不但因為他的血緣足以使他自豪，也不僅僅是他不甘自暴自棄；這些都是片面的、次要的理由。最要緊的，是他對於自己的成功，如今確有把握了。崔尚、魏啟心一般的老前輩都比他作班固、揚雄；他自己彷彿也覺得受之無愧。十四五歲的杜二，在翰墨場中，已經是一個角色了。

這時還有一件事也可以增長一個人的興致。從小擺不脫病魔的糾纏，如今擺脫了。這件事竟許是最足令人開心的。因為畢竟從前那種幽閉的書齋生活不大自然；只因一個人缺欠了健康，身體失了自由，什麼都沒有辦法。如今健康恢復了，有了辦法，便盡量的追回以前的積欠，當然是不妨的，簡直是應該的。譬如院子裡那幾棵棗樹，長得比什麼樹都古怪，都有精神，枝子都那樣劍拔弩張的挺著，彷彿全身都是勁。一個人如今身體強了，早起在院子裡走走，往往也覺得渾身是勁，忽然

看見它們那挑釁的樣子，恨不得揀一棵抱上去，和它摔一跤，決個雌雄。但是想想那舉動又未免太可笑了。最好是等八月來，棗子熟了，弟妹們只顧要棗子吃；棗子誠然好吃，但是當哥哥的，尤其筋強力壯的哥哥，最得意的，不是吃棗子，是在那給弟妹們不斷的供應棗子的任務。用竹篙子打棗子還不算本領。哥哥有本領上樹，不信他可以試給他們看看。上樹要上到最高的枝子，又得不讓棗刺扎傷了手，腳得站穩了，還不許踩斷了樹枝；然後躲在綠葉裡，一把把的灑下來；金黃色的、硃砂色的、紅黃參半的棗子，花花刺刺的灑將下來，得讓孩子們搶都搶不贏。上樹的技術練高了，一天可以上十來次，棵棵樹都要上到。最有趣的，是在樹頂上站直了，往下一望，離天近，離地遠，一切都在腳下，呼吸也輕快了，他忍不住大笑一聲；那笑裡有妙不可言的勝利的莊嚴和愉快。便是遊戲，一個人的地位也要站得超越一點，才不愧是杜甫。

健康既經恢復了，年齡也漸漸大了，一個人不能老在家鄉守著。他得看看世界。並且單為自己創作的前途打算，多少通都廣邑、名山大川，也不得不瞻仰瞻仰。

二

大約在二十歲左右，詩人便開始了他的飄流的生活。三十五以前，是快意的遊覽（仍舊用他自己的比喻），便像羽翮初滿的雛鳳，乘著靈風，踏著彩雲，往濛濛的長空飛去，他脅

下只覺得一股輕鬆，到處有竹實，有醴泉，他的世界是清鮮，是自由，是無垠的希望，和薛雷[51]的雲雀一般，他是

An unbodied joy whose race is just begun.

三十五歲以後，風漸漸尖峭了，雲漸漸惡毒了，鉛鐵的彎窿在他背上逼壓著，太陽也不見了，他在風雨雷電中掙扎，血汗的翎羽在空中繽紛的旋舞，他長號，他哀呼，唱得越急切，節奏越神奇，最後聲嘶力竭，他卸下了生命，他的挫敗是勝利的挫敗，神聖的挫敗。他死了，他在人類的記憶裡永遠留下了一道不可逼視的白光；他的音樂，或沉雄，或悲壯，或淒涼，或激越，永遠、永遠是在時間裡顫動著。

子美第一次出遊是到晉地的郇瑕（今山西猗氏縣），在那邊結交的人物，我們知道的，有韋之晉。此後，在三十五歲以前，曾有過兩次大舉的遊歷：第一次到吳越，第二次到齊趙。兩度的遊歷，是詩人創作生活上最需要的兩種精粹而豐富的滋養。在家鄉，一切都是單調、平凡，青的天籠蓋著黃的地，每隔幾里路，綠楊藏著人家，白楊翳著墳地，分布得驛站似的呆板。土人的生活也和他們的背景一樣的單調。我們到過中州的人都知道那是個什麼樣的去處；大概從唐朝到現在是不會有多少進步的。從那樣的環境，一旦踏進山明水秀的江南，風流儒雅的江南，你可以想像他是怎樣的驚喜。我們還記得當時和六朝，好比今天和昨日；南朝的金粉，王謝的風流，在那裡當然

51　　今譯作雪萊。

還留著夠鮮明的痕跡。江南本是六朝文學總匯的中樞，他讀過鮑、謝、江、沈、陰、何的詩，如今竟親歷他們歌哭的場所，他能不感動嗎？何況重重疊疊的歷史的舞臺又在他眼前，劍池，虎丘，姑蘇臺，長洲苑，太伯的遺廟，闔閭的荒塚，以及錢塘，剡溪，鑑湖，天姥──處處都是陳跡、名勝，處處都足以促醒他的回憶，觸發他的詩懷。我們雖沒有他當時紀遊的作品，但是詩人的得意是可以猜到的。美中不足的只是到了姑蘇，船也辦好了，都沒有浮著海。彷彿命數注定了今番只許他看到自然的秀麗，清新的面相；長洲的荷香，鏡湖的涼意，和明眸皓齒的耶溪女……都是他今回的眼福；但是那塊奇雄健的自然，須得等四五年後遊齊趙時，才許他見面。

在敘述子美第二次出遊以前，有一件事頗有可紀念的價值，雖則詩人自己並不介意。

唐代取士的方法分三種──生徒，貢舉，制舉。已經在京師各學館，或州縣各學校成業的諸生，送來尚書省受試的，名曰生徒；不從學校出身，而先在州縣受試，及第了，到尚書省應試的，名曰貢舉。以上兩種是選士的常法。此外，每多少年，天子詔行一次，以舉非常之士，便是制舉。開元二十三年（西元七三六年）子美遊吳越回來，挾著那「氣劘屈賈壘，目短曹劉牆」的氣焰應貢舉，縣試成功了，在京兆尚書省一試，卻失敗了。結果沒有別的，只是在夠高的氣焰上又加了一層氣焰。功名的紙老虎如今被他戳穿了。果然，他想，真正的學問，真

正的人才，是功名所不容的。也許這次下第，不但不能損毀，反足以抬高他的身價。可恨的許只是落第落在名職卑微的考功郎手裡，未免叫人喪氣。當時士林反對考功郎主試的風潮醞釀得一天比一天緊，在子美「忤下考功第」的明年，果然考功郎吃了舉人的辱罵，朝廷從此便改用侍郎主試。

子美下第後八九年之間，是他平生最快意的一個時期，遊歷了許多名勝，結交了許多名流。可惜那期間是他命運中的朝曦，也是夕照，那幾年的經歷是射到他生命上的最始和最末的一道金輝；因為從那以後，世亂一天天的紛紜，詩人的生活一天天的潦倒，直到老死，永遠闖不出悲哀、恐怖和絕望的環攻。但是末路的悲劇不忙提起，我們的筆墨不妨先在歡笑的時期多流連一會兒，雖則悲慘的下文早晚是要來的。

開元二十四五年之間，子美的父親 —— 閒 —— 在兗州司馬任上，子美去省親，乘便遊歷了兗州、齊州一帶的名勝，詩人的眼界於是更加開闊了。這地方和家鄉平原既不同，和秀麗的吳越也兩樣。根據書卷裡的知識，他常常想見泰山的偉大和莊嚴，但是真正的岱嶽，那「造化鍾靈秀，陰陽割昏曉」的奇觀，他沒有見過。這邊的湍流、峻嶺、豐草、長林都另有一種他最能了解，卻不曾認識過的氣魄。在這裡看到的，是自然的最莊嚴的色相。唯有這邊自然的氣勢和風度最合我們詩人的脾胃，因為所有磅礡鬱結在他胸中的，自然已經在這景物中說出了；這裡一丘一壑，一株樹，一朵雲，都能引起詩人的共鳴。

他在這裡居留了多年，直變成了一個燕趙的健兒；慷慨悲歌、沉鬱頓挫的杜甫，如今發現了他的自我。過路的人往往看見一行人馬，帶著弓箭旗槍，駕著雕鷹，牽著獵狗，望郊野奔去。內中頭戴一頂銀盔，腦後斗大一顆紅纓，全身鎧甲，跨在馬上的，便是監門冑曹蘇預（後來避諱改名源明）。在他左首並轡而行的，裝束略微平常，雙手橫按著長槊，卻也是英風爽爽的一個丈夫，便是詩人杜甫。兩個少年後來成了極要好的朋友。這回同著打獵的經驗，子美永遠不能忘記，後來還供給了〈壯遊〉詩一段有聲有色的文字：

春歌叢臺上，冬獵青丘旁；呼鷹皂櫪林，逐獸雲雪崗；射飛曾縱鞚，引臂落鶩鶬。蘇侯據鞍喜，忽如攜葛強。

原來詩人也學得了一手好武藝！

這時的子美，是生命的焦點，正午的日曜，是力，是熱，是鋒稜，是奪目的光芒。他這時所詠的〈房兵曹胡馬〉和〈畫鷹〉恰好都是自身的寫照。我們不能不騰出篇幅，把兩首詩的全文錄下。

胡馬大宛名，鋒稜瘦骨成，竹批雙耳峻，風入四蹄輕；所向無空闊，真堪托死生。驍騰有如此，萬里可橫行。

—— （〈房兵曹胡馬〉）

素練風霜起，蒼鷹畫作殊。聳身思狡兔，側目似愁胡。絛鏃光堪摘，軒楹勢可呼。何當擊凡鳥，毛血灑平蕪！

—— （〈畫鷹〉）

這兩首和稍早的一首〈望嶽〉，都是那時期裡最重要的代表作品，實在也奠定了詩人全部創作的基礎。詩人作風的傾向，似乎是專等這次遊歷來發現的；齊趙的山水，齊趙的生活，是幾天的驕陽接二連三的逼成了詩人天才的成熟。

　　靈機既經觸發了，弦音也已校準了，從此輕攏慢捻，或重挑急抹，信手彈去，都是絕調。藝術一天進步一天，名聲也一天大一天。從齊趙回來，在東都（今洛陽）住了兩三年，城南首陽山下的一座莊子，排場雖是簡陋，門前卻常留著達官貴人的車轍馬跡。最有趣的是，那一天門前一陣車馬的喧聲，頓時老蒼頭跑進來報導貴人來了。子美倒屣出迎；一位道貌盎然的斑白老人向他深深一揖，自道是北海太守李邕久慕詩人的大名，特地來登門求見。北海太守登門求見，與詩人相干嘛？世俗的眼光看來，一個鄉貢落第的窮書生家裡來了這樣一位闊客人，確乎是榮譽，是發跡的吉兆。但是詩人的眼光不同。他知道的李邕，是為追謚韋巨源事，兩次駁議太常博士李處，和聲援宋璟，彈劾謀反的張昌宗弟兄的名御史李邕 —— 是碑版文字散滿天下，並且為要壓倒燕國公的「大手筆」，幾乎犧牲了性命的李邕 —— 重義輕財、卑躬下士的李邕。這樣一位客人來登門求見，當然是詩人的榮譽；所以「李邕求識面」可以說是他生平最得意的一句詩。結識李邕在詩人生活中確乎要算一件有關係的事。李邕的交遊極廣，聲名又大，說不定子美後來的許多朋友，例如李白、高適諸人，許是由李邕介紹的。

　　寫到這裡，我們該當品三通畫角，發三通擂鼓，然後提起筆來蘸飽了金墨，大書而特書。因為我們四千年的歷史裡，除了孔子見老子（假如他們是見過面的），沒有比這兩人的會面，更重大、更神聖、更可紀念的。我們再逼緊我們的想像，譬如說，青天裡太陽和月亮走碰了頭，那麼，塵世上不知要焚起多少香案，不知有多少人要望天遙拜，說是皇天的祥瑞。如今李白和杜甫——詩中的兩曜，劈面走來了，我們看去，不比那天空的異瑞一樣的神奇、一樣的有重大的意義嗎？所以假如我們有法子追究，我們定要把兩人行蹤的線索，如何拐彎抹角時合時離，如何越走越近，終於兩條路線會合交叉了——通通都記錄下來。假如關於這件事，我們能發現到一些詳實的材料，那該是文學史裡多麼浪漫的一段掌故！可惜關於李、杜初次的邂逅，我們知道的一成，不知道的九成。我們知道天寶三載三月，太白得罪了高力士，放出翰林院之後，到過洛陽一次，當時子美也在洛陽。兩位詩人初次見面，至遲是在這個當兒，至於見面時的情形，在什麼時候，什麼地方，也許是李邕的筵席上，也許是洛陽城內一家酒店裡，也許……但這都是可能範圍裡的猜想，真確的情形，恐怕是永遠的祕密。

　　有一件事我們卻拿得穩是可靠的。子美初見太白所得的印象，和當時一般人得的，正相吻合。司馬子微一見他，稱他「有仙風道骨，可與神遊八極之表」；賀知章一見，便呼他作「天上謫仙人」，子美集中第一首〈贈李白〉詩，滿紙都是企羨登真度

此的話，假定那是第一次的邂逅，第一次的贈詩，那麼，當時子美眼中的李十二，不過一個神采趣味與常人不同、有「仙風道骨」的人，一個可與「相期拾瑤草」的侶伴，詩人的李白沒有在他腦中鐫上什麼印象。到第二次贈詩，說「未就丹砂愧葛洪」，回頭就帶著譏諷的語氣問：

痛飲狂歌空度日，飛揚跋扈為誰雄？

依然沒有談到文字。約莫一年以後，第三次贈詩，文字談到了，也只輕輕的兩句「李侯有佳句，往往似陰鏗」，不是什麼了不得的恭維，可是學仙的話一概不提了。或許他們初見時，子美本就對於學仙有了興味，所以一見了「謫仙人」，便引為同調；或許子美的學仙的觀念完全是太白的影響。無論如何，子美當時確是做過那一段夢──雖則是很短的一段；說「苦無大藥資，山林跡如掃」；說「未就丹砂愧葛洪」，起碼是半真半假的心話。東都本是商賈貴族蜂集的大城，廛市的繁華，人心的機巧，種種城市生活的罪惡，我們明明知道，已經叫子美膩煩、厭恨了；再加上當時煉藥求仙的風氣正盛，詩人自己又正在富於理想的、如火如荼的浪漫的年華中──在這種情勢之下，萌生了出世的觀念，是必然的結果。只是杜甫和李白的秉性根本不同：李白的出世，是屬於天性的，出世的根性深藏在他骨子裡，出世的風神披露在他容貌上；杜甫的出世是環境機會造成的念頭，是一時的憤慨。兩人的性格根本是衝突的。太白笑「堯舜之事不足驚」，子美始終要「致君堯舜上」。因此兩人起先雖覺得志同

道合，後來子美的熱狂冷了，便漸漸覺得不獨自己起先的念頭可笑，連太白的那種態度也可笑了；臨了，念頭完全拋棄，從此絕口不提了。到不提學仙的時候，才提到文字，也可見當初太白的詩不是不足以引起子美的傾心，實在是詩人的李白被仙人的李白掩蓋了。

東都的生活果然是不能容忍了，天寶四載夏天，詩人便取道如今開封歸德一帶，來到濟南。在這邊，他的東道主，便是北海太守李邕。他們常時集會，宴飲，賦詩；集會的地點往往在歷下亭和鵲湖邊上的新亭。在座的都是本地的或外來的名士；內中我們知道的還有李邕的從孫李之芳員外，和邑人蹇處士。竟許還有高適，有李白。

是年秋天太白確乎是在濟南。當初他們兩人是否同來的，我們不曉得；我們曉得他們此刻交情確是很親密了，所謂「醉眠秋共被，攜手日同行」，便是此時的情況。太白有一個朋友范十，是位隱士，住在城北的一個村子上。門前滿是酸棗樹，架上吊著碧綠的寒瓜，瀚瀚的白雲鎮天在古城上閒臥著 —— 儼然是一個世外的桃源；主人又殷勤；太白常常帶子美到這裡喝酒談天。星光隱約的瓜棚底下，他們往往談到夜深人靜，太白忽然對著星空出神，忽然談起從前陳留採訪使李彥如何答應他介紹給北海高天師學道籙，話說過了許久，如今李彥許早忘記了，他可是等得不耐煩了。子美聽到那類的話，只是唯唯否否；直等話頭轉到時事上來，例如貴妃的驕奢，明皇的昏瞶，

以及朝裡朝外的種種險象，他的感慨才潮水般的湧來。兩位詩人談著話，嘆著氣，主人只顧忙著篩酒，或許他有意見不肯說出來，或許壓根兒沒有意見。

原載《新月》第一卷第六期，十七年八月十日

杜甫

英譯李太白詩

《李白詩集》The Works of Li Po, The Chinese Poet.

小畑薰良譯 Done into English Verse by Shigeyoshi Obata, E. P. Dutton & Co, New York City, 1922.

　　小畑薰良先生到了北京，更激動了我們對於他譯的《李白詩集》的興趣。這篇評論披露出來了，我希望小畑薰良先生這件慘淡經營的工作，在中國還要收到更普遍的注意，更正確的欣賞。書中雖然偶爾也短不了一些疏忽的破綻，但是大體上看起來，依然是一件很精密、很有價值的工作。如果還有些不能叫我們十分滿意的地方，那許是應該歸罪於英文和中文兩種文字的性質相差太遠了；而且我們應注意譯者是從第一種外國文字譯到第二種外國文字。打了這幾個折扣，再通盤計算起來，我們實在不能不佩服小畑薰良先生的毅力和手腕。

　　這一本書分成三部分：（一）李白的詩，（二）別的作家同李白唱和的詩，以及同李白有關係的詩，（三）序，傳，及參考書目。我把第一部分裡面的李白的詩，和譯者的序，都很盡心的校閱了，我得到無限的樂趣，我也發生了許多的疑竇。樂趣是應該向譯者道謝的，疑竇也不能不和他公開的商榷。

　　第一我覺得譯李白的詩，最要注重鑑別真偽，因為集中有不少的「贗鼎」，有些是唐人偽造的，有些是五代中國人偽造的，有些是宋人偽造的，古來有識的學者和詩人，例如蘇軾講過〈草書歌行〉、〈悲歌行〉、〈笑歌行〉、〈姑熟十詠〉，都是假的；黃庭堅講過〈長干行〉第二首和〈去婦詞〉是假的；蕭士

贇懷疑過的有七篇，趙翼懷疑過的有兩篇；龔自珍更說得可怕——他說李白的真詩只有一百二十二篇，算起來全集中至少有一半是假的了。

我們現在雖不必容納龔自珍那樣極端的主張，但是講李白集中有一部分的偽作，是很靠得住的。況且李陽冰講了「當時著作，十喪其九」，劉全白又講「李君文集，家有之而無定卷」。韓愈又嘆道：「惜哉傳於今，泰山一毫芒。」這三個人之中，陽冰是太白的族叔，不用講了。劉全白、韓愈都離著太白的時代很近，他們的話應當都是可靠的。但是關於鑑別真偽的一點，譯者顯然沒有留意。例如〈長干行〉第二首，他便選進去了。鑑別的工夫，在研究文藝，已然是不可少的，在介紹文藝，尤其不可忽略。不知道譯者可承認這一點？

再退一步說，我們若不肯斷定某一首詩是真的，某一首是假的，至少好壞要分一分。我們若是認定了某一首是壞詩，就拿壞詩的罪名來淘汰它，也未嘗不可以。尤其像李太白這樣一位專仗著靈感作詩的詩人，粗率的作品，準是少不了的。所以選詩的人，從嚴一點，總不會出錯兒。依我的見解，〈王昭君〉、〈襄陽曲〉、〈沐浴子〉、〈別內赴征〉、〈贈內〉、〈巴女詞〉，還有那證明李太白是日本人的朋友的〈哭晁卿衡〉一類的作品，都可以不必翻譯。至於〈行路難〉、〈餞別校書叔雲〉、〈襄陽歌〉、〈扶風豪士歌〉、〈西嶽雲臺歌〉、〈鳴皋歌〉、〈日出入行〉等等的大作品，都應該入選，反而都落選了。這不知道譯者是

用的一種什麼標準去選的，也不知道選擇的觀念到底來過他腦筋裡沒有。

太白最擅長的作品是樂府歌行，而樂府歌行用自由體譯起來，又最能得到滿意的結果。所以多譯些〈蜀道難〉、〈夢遊天姥吟留別〉一類的詩，對於李太白既公道，在譯者也最合算。太白在絕句同五律上固然也有他的長處，但是太白的長處正是譯者的難關。李太白本是古詩和近體中間的一個關鍵。他的五律可以說是古詩的靈魂蒙著近體的軀殼，帶著近體的藻飾。形式上的穠麗許是可以譯的，氣勢上的渾璞可沒法子譯了。但是去掉了氣勢，又等於去掉了李太白。「我來竟何事，高臥沙丘城？城邊有古樹，日夕連秋聲……」這是何等的氣勢，何等古樸的氣勢！你看譯到英文，成了什麼樣子？

Why have I come hither, after all?
Solitude is my lot at Sand Hill city.
There are old trees by the city wall.
And busy voices of autumn, day and night.

這還算好的，再看下面的，誰知道那幾行字就是譯的「人煙寒橘柚，秋色老梧桐」。

The smoke from the cottages curls
Up around the citron trees,
And the hues of late autumn are
On the green paulownias.

這到底是怎麼一回事？怎麼中文的「渾金璞玉」，移到英文裡來，就變成這樣的淺薄，這樣的庸瑣？我說這毛病不在譯者的手腕，是在他的眼光，就像這一類渾然天成的名句，它的好處太玄妙了，太精微了，是禁不起翻譯的。你定要翻譯它，只有把它毀了完事！譬如一朵五色的靈芝，長在龍爪似的老松根上，你一眼瞥見了，很小心的把它采了下來，供在你的瓶子裡，這一下可糟了！從前的瑞彩，從前的仙氣，於今都變成了又乾又癟的黑菌。你搔著頭，只著急你供養的方法不對。其實不然，壓根兒你就不該采它下來，采它就是毀它，「美」是碰不得的，一黏手它就毀了，太白的五律是這樣的，太白的絕句也是這樣的。

「峨眉山月半輪秋，影入平羌江水流。夜發青溪向三峽，思君不見下渝州。」

The autumn moon is half zround above the Yo-mei Mountain;

Its pale light falls in and flows with the water of the Ping-chang River.

To-night I leave Ching-chi of the limpid stream for the Three Canyons,

And glides down past Yu-chow, thinking of you whom I can not see.

在詩後面譯者聲明了，這首詩譯得太對不起原作了。其實他應該道歉的還多著，豈只這一首嗎？並且〈靜夜思〉、〈玉階怨〉、〈秋浦歌〉、〈贈汪倫〉、〈山中答問〉、〈清平調〉、〈黃鶴樓〉、〈送孟浩然之廣陵〉一類的絕句，恐怕不只小畑薰良先生，實在什麼人譯完了，都短不了要道歉的。所以要省了道歉的麻煩，這種詩還是少譯的好。

我講到了用自由體譯樂府歌行最能得到滿意的結果。這個結論是看了好幾種用自由體的英譯本得來的。讀者只要看小畑薰良先生的〈蜀道難〉便知道了。因為自由體和長短句的樂府歌行，在體裁上相差不遠；所以在求文字的達意之外，譯者還有餘力可以進一步去求音節的彷彿。例如篇中幾句「蜀道之難難於上青天」，是全篇音節的鎖鑰，是很重要的，譯作「The road to Shuh is more difficult to climb than to climb the steep blue heaven」，兩個（climb）在一句的中間作一種頓挫，正和兩個難字的功效一樣的；最巧的「難」同 climb 的聲音也差不多，又如「上有六龍回日之高標；下有衝波逆折之洄川」譯作：

Lo, the road-mark high above, where the six dragons circle the sun!

Lo, the stream far below, winding forth and winding back, breaks into foam!

這裡的節奏也幾乎是原詩的節奏了。在字句的結構和音節的調度上，本來算韋雷（Arthur Waley）最講究。小畑薰良先生在

〈蜀道難〉、〈江上吟〉、〈遠別離〉、〈北風行〉、〈廬山謠〉幾首詩裡，對於這兩層也不含糊。如果小畑薰良同韋雷注重的是詩裡的音樂，陸威爾（Amy Lowell）注重的便是詩裡的繪畫。陸威爾是一個 imagist，字句的色彩當然最先引起她的注意。只可惜李太白不是一個雕琢字句、刻畫詞藻的詩人，跌宕的氣勢——排奡的音節是他的主要的特性。所以譯太白與其注重詞藻，不如講究音節了。陸威爾不及小畑薰良只因為這一點；小畑薰良又似乎不及韋雷，也是因為這一點。中國的文字尤其中國詩的文字，是一種緊湊非常——緊湊到了最高限度的文字。像「雞聲茅店月，人跡板橋霜」，這種句子連個形容詞、動詞都沒有了；不用說那「尸位素餐」的前置詞、連讀詞等等的。這種詩意的美，完全是靠「句法」表現出來的。你讀這種詩彷彿是在月光底下看山水似的。一切的都幕在一層銀霧裡面，只有隱約的形體，沒有鮮明的輪廓；你的眼睛看不準一種什麼東西，但是你的想像可以告訴你無數的形體。溫飛卿只把這一個一個的字排在那裡，並不依著文法的規程替它們聯絡起來，好像新印象派的畫家，把顏色一點一點的擺在布上，他的工作完了。畫家讓顏色和顏色自己去互相融洽，互相輝映——詩人也讓字和字自己去互相融洽，互相輝映。這樣得來的效力準是特別的豐富。但是這樣一來中國詩更不能譯了。豈只不能用英文譯？你就用中國的語體文來試試，看你會不會把原詩鬧得一團糟？就講「峨眉山月半輪秋」，據小畑薰良先生的譯文（參看前面），把那兩

個 the 一個 is 一個 above 去掉了，就不成英文，不去，又不是李太白的詩了。不過既要譯詩，只好在不可能的範圍裡找出個可能來。那麼唯一的辦法只是能夠不增減原詩的字數，便不增減，能夠不移動原詩字句的次序，便不移動。小畑薰良先生關於這一點，確乎沒有韋雷細心。那可要可不要的 and，though，while……小畑薰良先生隨便就拉來嵌在句子裡了。他並且憑空加上一整句，憑空又給拉下一句。例如〈烏夜啼〉末尾加了一句 for whom I wonder 是毫無必要的。〈送汪倫〉中間插上一句 It was you and your friends come to bid me farewell 簡直是畫蛇添足。並且譯者怎樣知道給李太白送行的，不只汪倫一個人，還有「your friends」呢？李太白並沒有告訴我們這一層。〈經亂離後天恩流夜郎憶舊遊書懷贈江夏韋太守良宰〉裡有兩句「江帶峨眉雪，橫穿三峽流」，他只譯作 And lo, the river swelling with the tides of Three Canyons.

試問「江帶峨眉雪」的「江」字底下的四個字，怎麼能刪得掉呢？同一首詩裡，他還把「君登鳳池去，勿棄賈生才」十個字整個兒給拉下來了。這十個字是一個獨立的意思，沒有同上下文重複。我想定不是譯者存心刪去的，不過一時眼花了，給看漏了罷了。（這是集中最長的一首詩；詩長了，看漏兩句準是可能的事。）可惜的只是這兩句實在是太白作這一首詩的動機。太白這時貶居在夜郎，正在想法子求人援助。這回他又請求韋太守「勿棄賈生才」。小畑薰良先生偏把他的真正意思給漏掉了；

我怕太白知道了，許有點不願意罷？

　　譯者還有一個地方太濫用他的自由了。一首絕句的要害就在三四兩句。對於這兩句，譯者應當特別小心，不要損傷了原作的意味。但是小畑薰良先生常常把它們的次序顛倒過來了。結果，不用說了，英文也許很流利，但是李太白又給擠掉了。談到這裡，我覺得小畑薰良先生的毛病，恐怕根本就在太用心寫英文了。死氣板臉的把英文寫得和英美人寫的一樣，到頭讀者也只看見英文，看不見別的了。

　　雖然小畑薰良先生這一本譯詩，看來是一件很細心的工作，但是荒謬的錯誤依然不少。現在只稍微舉幾個例子。「石徑」絕不當譯作 stony wall，「章臺走馬著金鞭」的「著」絕不當譯作 lightly carried，「風流」絕不能譯作 wind and stream，「燕山雪花大如席」的「席」也絕不能譯作 pillow，「青春幾何時」怎能譯作 Green Spring and what time 呢？揚州的「揚」從「手」，不是楊柳的「楊」。但是他把揚州譯成了 willow valley。〈月下獨酌〉裡「聖賢既已飲」譯作 Both the sages and the wise were drunkers 錯了。應該依韋雷的譯法 —— of saint and sage I have long quaffed deep 才對了。考證不正確的例子也有幾個。「借問盧耽鶴」盧是姓，耽是名字，譯者把「耽鶴」兩個字當作名字了。紫微本是星的名字。紫微宮就是未央宮，不能譯為 imperial palace of purple。鬱金本是一種草，用鬱金的汁水釀成的酒名鬱金香。所以「蘭陵美酒鬱金香」譯作 The delicious wine of Lanling is of golden hue and flavorous，也不妥當。但是，最大的笑話恐怕是〈白紵辭〉了。這個錯兒同 Ezra Pound 的錯兒差不多。Pound 把兩首詩搏作一首，把第二首的題目也給搏到正文裡去了。小畑薰良先生把第二首詩的第一句割了來，硬接在第一首的尾巴上。

我雖然把小畑薰良先生的錯兒整套的都給搬出來了，但是我希望讀者不要誤會我只看見小畑薰良先生的錯處，不看見他的好處。開章明義我就講了這本翻譯大體上看來是一件很精密、很有價值的工作。一件翻譯的作品，也許旁人都以為很好，可是叫原著的作者看了，準是不滿意的，叫作者本國的人看了，滿意的許有，但是一定不多。Fitzgerald 譯的 Rubaiyat 在英文讀者的眼裡，不成問題，是譯品中的傑作，如果讓一個波斯人看了，也許就要搖頭了。再要讓莪默自己看了，定要跳起來嚷道：「牛頭不對馬嘴！」但是翻譯當然不是為原著的作者看的，也不是為懂原著的人看的，翻譯畢竟是翻譯，同原著當然是沒有比較的。一件譯品要在懂原著的人面前討好，是不可能的，也是沒有必要的。假使小畑薰良先生的這一個譯本放在我眼前，我馬上就看出了這許多的破綻來，那我不過是同一般懂原文的人一樣的不近人情。我盼望讀者 —— 特別是英文讀者不要上了我的當。

翻譯中國詩在西方是一件新的工作（最早的英譯在一八八八年），用自由體譯中國詩，年代尤其晚。據我所知道的小畑薰良先生是第四個人用自由體譯中國詩。所以這種工作還在嘗試期

中。在嘗試期中，我們不應當期望絕對的成功，只能講相對的滿意。可惜限於篇幅，我不能把韋雷、陸威爾的譯本錄一點下來，同小畑薰良先生的做一個比較。因為要這樣我們才能知道小畑薰良先生的翻譯同陸威爾比，要高明得多，同韋雷比，超過這位英國人的地方也不少。這樣講來，小畑薰良先生譯的《李白詩集》在同類性質的譯本裡，所占的位置很高了。再想起他是從第一種外國文字譯到第二種外國文字，那麼他的成績更有叫人欽佩的價值了。

原載《北平晨報》副刊，十五年六月三日

附錄一　中國學術界的大損失

—— 悼聞一多先生

朱自清

　　聞一多先生在昆明慘遭暗殺，激起全國的悲憤。這是民主運動的大損失，又是中國學術界的大損失。關於後一方面，作者知道的比較多，現在且說個大概，來追悼這一位多年敬佩的老朋友。

　　大家都知道聞先生是一位詩人。他的《紅燭》，尤其他的《死水》，讀過的人很多。這些集子的特色之一，是那些愛國詩。在抗戰以前他也許是唯一的愛國新詩人。這裡可以看出他對文學的態度。新文學運動以來，許多作者都認識了文學的政治性和社會性而有所表現，可是聞先生認識得特別親切，表現得特別強調。他在過去的詩人中最敬愛杜甫，就因為杜詩政治性和社會性最濃厚。後來他更進一步，注意原始人的歌舞：這是集團的藝術，也是與生活打成一片的藝術。他要的是熱情，是力量，是火一樣的生命。

　　但是他並不忽略語言的技巧，大家都記得他是提倡詩的新格律的人，也是創造詩的新格律的人。他創造自己的詩的語言，並且創造自己的散文的語言。詩大家都知道，不必細說；散文如《唐詩風情》，可惜只有五篇，那經濟的字句，那完密而短小的篇幅，簡直是詩。我聽他近來的演說，有兩三回也是這麼精悍，字字句句好似稱量而出，卻又那麼自然流暢。他因

此也特別能夠體會古代語言的曲折處。當然，以上這些都得靠學力，但是更得靠才氣，也就是想像。單就讀古書而論，固然得先通文字聲韻之學；可是還不夠，要沒有活潑的想像力，就只能做出點滴的餖飣的工作，絕不能融會貫通的。這裡需要細心，更需要大膽。聞先生能夠體會到古代語言的表現方式，他的校勘古書，有些地方膽大得嚇人，但卻得細心吟味所得；平心靜氣讀下去，不由人不信。校書本有死校活校之分；他自然是活校，而因為知識和技術的一般進步，他的成就駸駸乎駕活校的高郵王氏父子而上之。

他研究中國古代，可是他要使局部化了石的古代復活在現代人的心目中。因為這古代與現代究竟屬於一個社會，一個國家，而歷史是連貫的。我們要客觀的認識古代；可是，是「我們」在客觀的認識古代，現代的我們要能夠在心目中想像古代的生活，要能夠在心目中分享古代的生活，才能認識那活的古代，也許才是那真的古代 —— 這也才是客觀的認識古代。聞先生研究伏羲的故事或神話，是將這神話跟人們的生活打成一片；神話不是空想，不是娛樂，而是人民的生命欲和生活力的表現。這是死活存亡的消息，是人與自然鬥爭的紀錄，非同小可。他研究《楚辭》的神話，也是一樣的態度。他看屈原，也將他放在整個時代整個社會裡看。他承認屈原是偉大的天才；但天才是活人，不是偶像，只有這麼看，屈原的真面目也許才能再現在我們心中。他研究《周易》裡的故事，也是先有一整個社

會的影像在心裡。研究《詩經》也如此，他看出那些情詩裡不少歌詠性生活的句子；他常說笑話，說他研究《詩經》，越來越「形而下」了 —— 其實這正表現著生命的力量。

他是有幽默感的人；他的認識古代，有時也靠著這種幽默感。看《匡齋尺牘》裡〈狼跋〉一篇，便知道他能夠體會到別人從不曾體會到的古人的幽默感。而所謂「匡齋」本於匡衡說詩解人頤那句話，正是幽默的意思。他的《死水》裡〈聞一多先生的書桌〉，也是一首難得的幽默的詩。他有著強大的生命力，常跟我們說要活到八十歲，現在還不滿四十八歲，竟慘死在那卑鄙惡毒的槍下！有個學生曾瞻仰他的遺體，見他「遍身血跡，雙手抱頭，全身痙攣」。唉！他是不甘心的，我們也是不甘心的！

原載一九四六年《文藝復興》

二

聞先生的慘死尤其是中國文學方面一個不容易補償的損失。

聞先生的專門研究是《周易》、《詩經》、《莊子》、《楚辭》和唐詩，許多人都知道。他的研究工作至少有了二十年，發表的文字雖然不算太多，但積存的稿子卻很多。這些並非零散的稿子，大都是成篇的，而且他親手抄寫得很工整。只是他總覺得還不夠完密，要再加些工夫才願意編篇成書。這可見他對於學術忠實而謹慎的態度。

他最初在唐詩上多用力量。那時已見出他是個考據家，並

已見出他的考據的本領。他注重詩人的年代和詩的年代。關於唐詩的許多錯誤的解釋與錯誤的批評，都由於錯誤的年代。他曾將唐代一部分詩人生卒年代可考者製成一幅圖表，誰看了都會一目瞭然。他是學過圖案畫的，這幫助他在考據上發現了一種新技術；這技術是值得發展的。但如一般所知，他又是個詩人，並且是個在領導地位的新詩人，他親自經過創作的甘苦，所以更能欣賞詩人與詩。他的《唐詩風情》雖然只有五篇，但都是精彩逼人之作。這些不但將欣賞和考據融化得恰到好處，並且創造了一種詩樣精粹的風格，讀起來句句耐人尋味。

後來他在《詩經》、《楚辭》上多用力量。我們知道要了解古代文學，必須從語言下手，就是從文字聲韻下手。但必須能夠活用文字聲韻的種種條例，才能有所創獲。聞先生最佩服王念孫父子，常將《讀書雜誌》、《經義述聞》當作消閒的書讀著。他在古書通讀上有許多驚人而確切的發明。對於甲骨文和金文，也往往有獨到之見。他研究《詩經》，注重那時代的風俗和信仰等等；這幾年更利用弗洛依德以及人類學的理論得到一些深入的解釋。他對《楚辭》的興趣似乎更大，而尤集中於其中的神話。他的研究神話，實在給我們學術界開闢了一條新的大路。關於伏羲的故事，他曾將許多神話綜合起來，頭頭是道，創見最多，關係極大。曾聽他談過大概，可惜寫出來的還只是一小部分。他研究《周易》，是愛其中的片段的故事，注重的是社會生活經濟生活的表現。近三四年他又專力研究《莊子》，探求原

始道教的面目，並發見莊子一派政治上不合作的態度。以上種種都跟傳統的研究不同：眼光擴大了，深入了，技術也更進步了，更周密了。所以貢獻特別多，特別大。近年他又注意整個的中國文學史，打算根據經濟史觀去研究一番，可惜還沒有動手就殉了道。

　　這真是我們一個不容易補償的損失啊！

一九四六年七月二十日作

附錄二　論詩學門徑（節選）

中國人學詩向來注重背誦。俗話說得好：「熟讀唐詩三百首，不會作詩也會吟。」我現在並不勸高中的學生作舊詩，但這句話卻有道理。「熟讀」不獨能領略聲調的好處，並且能熟悉詩的用字、句法、章法。詩是精粹的語言，有它獨具的表現法式。初學覺得詩難懂，大半便因為這些法式太生疏之故。學習這些法式最有效的方法是綜合，多少應該像小兒學語一般；背誦便是這種綜合的方法。也許有人想，聲調的好處不須背誦就可領略，仔細說也不盡然。因為聲調不但是平仄的分配，還有四聲的講究；不但是韻母的關係，還有聲母的關係。這些條目有人說是枷鎖，可是要說明舊詩的技巧，便不能不承認它們的存在。這些我們現在其實也還未能完全清楚，一個中學生當然無須詳細知道；但他會從背誦裡覺出一些細微的分別，雖然不能指明。他會覺出這首詩調子比另一首好，即使是平仄一樣的律詩或絕句。這在隨便吟誦的人是不成的。

記誦只是詩學的第一步。單記誦到底不夠的；須能明白詩的表現方式，記誦的效才易見。詩是特種的語言，它因音數（四五七言是基本音數）的限制，便有了特種的表現法。它須將一個意思或一層意思或幾層意思用一定的字數表現出來；它與自然的散文的語言有時相近，有時相遠，但絕不是相同的。它需要藝術的工夫。近體詩除長律外，句數有定，篇幅較短，有時還要對偶，所以更是如此。固然，這種表現法，記誦的詩多了，也可比較同異，漸漸悟出；但為時既久，且未必能鞭辟入

裡。因此便需要說詩的人。說詩有三種：注明典實、申述文義、評論作法。這三件就是說，用什麼材料，表什麼意思，使什麼技巧。上兩件似乎與表現方式無涉；但不知道這些，又怎能看出表現方式？也有詩是沒什麼典實的，可是文義與技巧總有待說明處；初學者單靠自己捉摸，究竟不成。我常想，最好有「詩例」這種書，略仿俞曲園《古書疑義舉例》的體裁，將詩中各種句法或辭例，一一舉證說明。坊間詩學入門一類書，也偶然注意及此，但太略、太陋，無甚用處。比較可看而又易得的，只有李鍈《詩法易簡錄》（有鉛印本）、朱寶瑩《詩式》（中華書局鉛印）。《詩法易簡錄》於古體詩，應用王士禎、趙執信諸家之說，側重聲調一面，所論頗多精到處。於近體詩專重章法，簡明易曉，不作怳恍迷離語，也不作牽強附會語。《詩式》專取五七言近體，皆唐人清新淺顯之作，逐首加以評語注釋。注釋太簡陋，且不免錯誤；評語詳論句法章法，很明切，便於初學。書中每一體（指絕句、律句）前有一段說明，論近體聲調宜忌，能得要領。初學讀此書及前書後半部，可增進對於近體詩的理解力和鑑賞力。至於前書古體一部分，卻宜等明白四聲後再讀；早讀定莫名其妙。

　　此外宜多讀注本、評本。注本易蕪雜，評本易膚泛籠統，選擇甚難。我是主張中學生應多讀選本的，姑就選本說罷。唐以前的五言詩與樂府，自然用《文選》李善注（仿宋、胡刻《文選》有影印本）；劉履的《選詩補注》（有石印本）和于光華的《文

選集評》（石印本名《評注昭明文選》）也可參看。《玉臺新詠》
（吳兆宜箋注；有石印本）的重要僅次於《文選》；有些著名的
樂府只見於此書；又編者徐陵在昭明太子之後，所以收的作家
多些。沈德潛《古詩源》也可用，有王蓴父箋注本（崇古書社鉛
印），但箋注頗有誤處。唐詩可用沈氏《唐詩別裁集》（有石印
本），此書有俞汝昌引典備注（刻本），是正統派選本。另有五
代韋縠《才調集》，以晚唐為宗，有馮舒、馮班評語，簡當可看
（有石印本）；殷元勳、宋邦綏作箋注，石印本無之。以上二書，
兼備眾體。

　　　　　　　　　　　　　　　　　　　　　　朱自清

國家圖書館出版品預行編目資料

唐詩風情：翻開淒美婉轉的篇章，聞一多談古
典詩的流麗與輝煌 / 聞一多 著 . -- 第一版 . -- 臺
北市：崧燁文化事業有限公司 , 2023.09
面；　公分
POD 版
ISBN 978-626-357-586-8(平裝)
1.CST: 唐詩 2.CST: 詩評
820.9104　112013123

電子書購買

爽讀 APP

唐詩風情：翻開淒美婉轉的篇章，聞一多談古典詩的流麗與輝煌

臉書

作　　　者：聞一多
發 行 人：黃振庭
出 版 者：崧燁文化事業有限公司
發 行 者：崧燁文化事業有限公司
E - m a i l：sonbookservice@gmail.com
粉 絲 頁：https://www.facebook.com/sonbookss/
網　　　址：https://sonbook.net/
地　　　址：台北市中正區重慶南路一段六十一號八樓 815 室
Rm. 815, 8F., No.61, Sec. 1, Chongqing S. Rd., Zhongzheng Dist., Taipei City 100,
Taiwan
電　　　話：(02) 2370-3310　　　傳　　　真：(02) 2388-1990
印　　　刷：京峯數位服務有限公司
律師顧問：廣華律師事務所 張珮琦律師

-版權聲明

定　　　價：299 元
發行日期：2023 年 09 月第一版
◎本書以 POD 印製
Design Assets from Freepik.com